告白は背中で

Izumi Tanizaki
谷崎泉

CHARADE BUNKO

Illustration

みろくことこ

CONTENTS

株式会社グリーンフィールズ。取引先でそんな社名を名乗ると園芸関係の業種なのかと誤解されることも多いけれど、実際は様々な商品をプロデュース販売する制作会社である。グリーンフィールズは十五年ほど前、社長の仲宗根《なかそね》さんが自分自身が欲しいものを作ろうというコンセプトで始めた会社で、設立してすぐに履き心地《ごこち》のいい高級志向の靴下でヒットを飛ばした。

その後もデザイン性の高い文具や雑貨などでヒット作を出し、地方の特産物をブランド化する事業も進めている。東京は目黒区に本社を構えるそんな会社に、静岡の地方都市で市役所勤めをしていた俺…美馬詠太《みまえいた》が、縁あって転職したのは昨年の春。二十四歳になろうとしていた頃だった。

「詠太〜。この企画書、やり直し〜」

「えっ。どっか間違ってましたか？」

「間違ってるとかそういう問題じゃない。これじゃ、何がしたいのか伝わらないわよ」

古賀《こが》さんが放り投げた企画書を落ちる寸前のところでキャッチし、「はあ」と頷《うなず》いて首を傾《かし》げる。どこを直せばいいのか具体的に聞きたいところだけど、自分で考えろと言われるのはわかっているので、無言で返された企画書を捲《めく》った。

グリーンフィールズに転職して丸一年が過ぎ、仕事にも大分慣れてはきたものの、まだまだ雑用ばかりで役に立っているとは言い難い。俺が所属しているのは商品企画部で、その名の通り、新商品の企画立案を担当する部署だ。だから、俺も自分の企画が通る日を夢見て、頑張ってはいるのだけど…。

難しいなあ…と溜《た》め息《いき》をついた時、「お疲れ」と言う声が聞こえた。顔を上げれば出張に出ていた川満《かわみつ》さんが紙袋を手に立っていて、慌てて姿勢を正して「お疲れ様です」と声をかけた。

「早かったですね」

「一本早い電車に乗れたんだ」

川満さんはチーフプランナーで、グリーンフィールズきっての稼ぎ頭でもある。俺は古賀さんと共に川満さんのアシスタントをしていて、現在は「白米プロジェクト」という仕事に取り組んでいる。

白米プロジェクトは米そのものを売ろうというのではなく、ご飯に関するあれこれを売り、米食を盛り上げていこうという内容のものだ。元々は川満さんのご飯好きから始まったプロジェクトで、茶碗《ちゃわん》や箸《はし》をお気に入りのもので揃《そろ》えれば、もっとご飯を食べたいという気持ちが強まるのではという考えから、陶芸家や工芸家に商品の作成を依頼したりして計画を進行させてきている。

　ラインナップがほぼ揃いつつある中で、川満さんは長野県の木曾《きそ》地方に出掛けていた。向こうの名産品でもある木曾檜《ひのき》でオリジナルの箸を作成してもらうよう、地元の木工作家に依頼していたのだ。

「サンプルの出来はどうでしたか？」

「ばっちり」

　古賀さんに尋ねられた川満さんはにやりと笑ってＯＫマークを出す。自分の席に座ると、サンプルとお土産《みやげ》が入っているという紙袋を古賀さんに差し出し、俺にコーヒーを淹《い》れてくれと頼んだ。

「向こうで有名だっていうおまんじゅうをもらったからさ」

「…あら。麩《ふ》まんじゅうをいただいたんですか。美味《おい》しそう。詠太。私は緑茶」

「了解です」

　紙袋から麩まんじゅうの包みを取り出し、古賀さんが言うのに頷いて給湯室へ走る。俺も早くサンプルが見たかったので、超特急でコーヒーと緑茶を用意して戻ると、古賀さんが手にしていたサンプルを渡してくれた。

「詠太、どう？　かなりよくない？」

「いいですね。やっぱ檜って清潔感がありますね。こっちが男性用で…こっちが女性用ですか？」

「ああ。一応、これを試作品とするが、脇山《わきやま》さんはもう少し改良したいって話だった。おおよそ、このラインで行くとして…、これで箸は出揃ったよな。あとは…石丸《いしまる》さんの返事待ちか」

石丸さんは能登《のと》在住の陶芸家で、茶碗の作成を頼んでいるのだが、返事待ちの状態だ。担当である古賀さんが浮かない顔で頷き、訪問の約束が取れないでいるのだと嘆く。

「連絡がなかなかつかないんですよ。結構、気難しい方だって話もあるので、しつこくして断られても困りますし」

「でも、断ってこないってことは、脈があるんだろう。気長に頑張れ」

古賀さんを励ましてコーヒーを飲んだ川満さんは、麩まんじゅうを齧《かじ》ると、俺に商品リストを出すように指示した。自分の机の方へ回り、資料を取ると川満さんたちに見えるように並べる。

返事待ちのもの、試作品待ちのもの、すべての打ち合わせが終わって生産可能なもの。茶碗が約三十種類、箸が十五種類。それを第一ラインナップとして、新米の季節に合わせて販売を開始するのが今の目標である。

「取《と》り敢《あ》えず、今、了承をもらってる分だけでも、同時期に売り出せたらと思ってる。販売開始時期はまだ未定だが、営業とITの方とも打ち合わせして…ああ、そうだ。詠太。サイトのページ作り、陣内《じんない》さんと一緒に頼む」

「えっ。俺一人で、ですか？」

「一応、私もフォローするけどね～」

ふふふ…と笑いながら言い、古賀さんは「頑張ってよ」とはっぱをかける。インターネット上での販売サイト作りはかなり重要な仕事である。うちの商品は一部デパートなどに卸《おろ》したりもしているけれど、販売金額のメインはネットだ。全体の売り上げに大きく影響する仕事を、今まで古賀さんを手伝う形で担ってはきたけど、自分が主で担当するというのは初めてだった。

だから嬉《うれ》しくもあって、「頑張ります！」と鼻息荒く宣言して、麩まんじゅうを頬張《ほおば》った。川満さんのアシスタントとしての仕事自体、やり甲斐《がい》があるけれど、早く一人前になりたいという気持ちも強い。責任ある仕事を任せてもらえたことに感謝し、気持ちを引き締めて麩まんじゅうを飲み込んだ。

出張から帰ってきた川満さんとの打ち合わせ事項がたくさんあったせいもあり、その日、仕事が終わったのは夜中の十二時を回った頃だった。元々、グリーンフィールズでは基本の勤務時間が午前十時から午後六時となっているものの、フレックスタイム制を取ってもいいことになっているので、それぞれが都合のいい時間に働いている。

商品企画部ではその色合いが濃く、いつも深夜を過ぎても複数の社員が残っている。周囲にお疲れ様です…と声をかけながら建物を出ると、吉祥寺《きちじょうじ》に住む川満さんが終電がなくなると慌て始めた。

「しまった！　もうこんな時間かよ。お疲れ！」

「お疲れ様です。川満さん、明日のアポ、忘れないでくださいね」

「お疲れ様です」

駅に向かって駆けていく川満さんを見送り、古賀さんとも会社の前で別れた。古賀さんは会社から歩いて帰れる範囲に住んでいるが、俺は少し離れた学芸大学駅の方にアパートを借りているので、自転車で通っている。

うちの会社は元はアパートだった物件を改築した建物に入っており、その名残《なごり》で駐車場や自転車小屋も備わっているのだ。駐輪場に停《と》めてある自転車のロックを解除し、敷地の外まで出して、家へ帰ろうと漕《こ》ぎ始めたところで、タイミング悪く、スマホが鳴り始めた。

慌ててブレーキをかけ、背負っていたデイパックからスマホを取り出す。夜中だし、古賀さんが用でも思い出してかけてきたのかなと思ったけど、表示されていた名前は違うものだった。

一瞬、厭《いや》な予感を抱いて、画面に触れる。スマホを耳につけて「どうした？」と聞くと、案の定と思う声が返ってきた。

『……もう、ダメかも……』

「…わかった。すぐ行くよ」

『うん』

今にも泣き出しそうな声の返事を聞き、ちょっと待っててと言ってから通話を切る。ずいぶん暗かったし大丈夫かなあと心配しつつ、自転車の行き先を変えて走り始めた。自宅とは反対方向へ向かって自転車を漕ぎ、途中、コンビニに寄って売ってるプリンを全種類一つずつ買った。

目黒川を越えて渋谷方面を目指して走り始めて間もなく、東横線の代官山《だいかんやま》駅近くに建つ、タワーマンションが見えてくる。自転車を漕ぎながら上を見上げ、籠《かご》に入れたコンビニのプリンを気に入ってくれるかなと心配する。

プリンなんてどれも同じだと思うんだけど、落ち込んでいる時は特に敏感なのだ。ダメだったら買い直しに行こうと決め、高級マンションの駐輪場には不似合いなママチャリを漕ぐ脚に力をこめた。

コンビニで仕入れてきたプリンを手にオートロックのエントランスへ向かう。預かっているカードキーでエントランスのドアを開けて中へ入ると、まっすぐエレヴェーターに向かった。扉の開いていたエレヴェーターに乗り込み、最上階である三十六階のボタンを押す。

エレヴェーターの壁に凭《もた》れかかり、どんどん変わっていく表示パネルの数字を見ていると、自然に欠伸《あくび》が漏れた。時刻は十二時を過ぎ、日付も変わってる。欠伸が出るのも仕方ない時間で、帰るのも面倒だから泊まっていこうかなと考えていた。

三十六階に着いたエレヴェーターから降り、右方向へ向かい、突き当たりの部屋が目的地だ。インターフォンを鳴らしたりすると、仕事の邪魔になるかもしれないので、合い鍵で勝手に入ることにしている。あの電話の様子では仕事になっていない気もしたけど、一応、いつも通りのやり方で中に入って、玄関で靴を脱いだ。

そのまま何気なく、廊下を歩きかけた時だ。照明の点《とも》っていない暗がりに人影があり、驚いて息を呑《の》む。

「っ…！　びっくりした…」

「……ごめん、詠太……」

「謝らなくていいよ。ほら、プリン、買ってきたから」

食べなよ…と言い、廊下に立ちつくしていた部屋の主…俺の従兄弟《いとこ》である小柳泰史《こやなぎやすふみ》に居間へ行くよう、促した。力なく頷き、背中を丸めて歩き始める泰史の後ろに続きつつ、俺は内心で少しだけ呆《あき》れていた。

泰史は今日もまた、すごい服を着てる。でも、泰史本人には決して言えない。こうやって落ち込んでいる時は特に、発言に気を遣わなきゃいけないのだ。小さな一言が地雷を踏むことにもなるのを身をもって知っている。

泰史に続いて居間に入ると、廊下と同じく照明が点っていないので薄暗かった。真っ暗でないのは、広い居間の中央にろうそくが立てられているお陰である。円形に並べられたろうそくに火が点っている様子は何かの儀式のようでオカルトちっくでもある。

「危ないよ」

「火を見てると落ち着くんだよね」

呆れ顔で注意する俺にぼそぼそ呟《つぶや》き返して、泰史はろうそくサークルの中央へ入っていった。そのちょうど真ん中に体育座りをして、膝《ひざ》に顔を埋《うず》める。俺は円の外側に腰を下ろすと、「大丈夫?」と尋ねた。

泰史は答えずに俯《うつむ》いたままだ。無理に話させるつもりもなく、その気になるまで仕事でもしていようと思い、デイパックからタブレットを取り出した。資料を読み始めてすぐに、泰史の謝る声が聞こえる。

「…ごめんね。詠太、忙しいのに」

「え…あ、いや。忙しいってことはないんだけど、今度、大事な仕事を任せてもらえることになってさ。ちゃんとやらなきゃいけないから…」

「いいな。詠太は。仕事が楽しそうで」

「何言ってんだよ。俺なんかまだまだ下っ端で小間使いみたいなもんだけど、やっくんは違うだろ」

泰史の方が立派な仕事をしてるじゃないかと、励ますために言いかけた時だ。薄暗く広い部屋に電話のベル音が鳴り響く。五十畳以上ありそうな広い空間で、家具がほとんどないせいもあって、電話の音はハウリングしてるみたいに感じられる。

慌てて部屋の中を見回し、電話の在処《ありか》を探し始めるのと同時くらいに、ベル音はやんだ。ツーコールで留守電に切り替わるようになっているらしく、メッセージをお願いしますという機械の音声が流れ始める。

それから、続けて泰史以上に暗い声が聞こえてきた。

『先生、牟田《むた》です。何度もすみません。連絡をいただけないでしょうか。お願いします』

短いながらも痛切な思いが伝わってくるメッセージは、事情をよく知る俺にとってはなるほどなあと思うもので、溜め息をついて立ち上がった。壁際に置かれた電話機を見に行くと、ぴかぴかと留守録を知らせる光が点滅している。

メッセージの件数はなんと、三十五件。たぶん、全部牟田さんからだろう。

「抜いておく？」

どうせ答えないのであれば、心臓に悪いベル音を聞かない方が精神衛生上いいんじゃないか。そう思って泰史に聞くと、ろうそくの真ん中で俯いたまま首を振る。

「…そのままにしておいて」

泰史は子供の頃から難しい性格をしていて、周囲に理解されないことの方が多かった。でも、俺は血の繋《つな》がりがあるし、つき合いも長いからおおよその考えは想像がつく。泰史はたぶん、自分を待ってくれている人間がいるという確認がしたくて、牟田さんの声をこうして聞いているに違いない。だったら連絡してやれよと思うのは、凡人の考えだともわかっている。

牟田さんを気の毒には思うけど、俺はやっぱり泰史の味方だから。電話機から離れて元いた場所に戻ると、買ってきたプリンをコンビニの袋から取り出した。

「プリン、食べない?」

「……何がある?」

「ええと……新鮮産みたて卵のとろとろプリンと…贅沢《ぜいたく》卵プリンと…、極上焼きプリンと…」

「………。ラーソンの黄味多めのしっかりプリンが食べたかった…」

ぼそりと泰史が呟いたのは、俺が寄ってきたのとは違うコンビニで売られているプリンの名前だった。「エイトイレブンじゃダメだった?」と慌てて聞く俺に、泰史は無言を返す。

「わかった。ちょっと待ってて。買ってくる」

我儘《わがまま》だと叱《しか》れる状況じゃない。ここから一番近いラーソンはどこだっけ？　と考えながら立ち上がり、玄関へ向かう。さっき脱いだばかりのスニーカーを履こうとした俺は、ふいに人の気配を感じて振り返った。

「っ…びっくりした。なに？」

いつの間にか背後に泰史が立っていて、恨めしそうに見ている。他に欲しいものがあったのかなと思ったけど、泰史は自分も一緒に行くと言い出した。

「じゃ、火は消さないと」

ろうそくの火を点《つ》けっぱなしで…しかも大量だ…出掛けるわけにはいかない。玄関で泰史に靴を履いておくように言い、俺は慌てて居間へ引き返した。


ろうそくしか明かりのなかった薄暗い部屋から廊下へ出ると、照明の下で泰史の格好をはっきり見ることができた。泰史は家にいる時も常にお気に入りのブランドで全身を固めているのだけど、いつ見ても派手で窮屈そうだ。

まあ、どれだけ派手でもいいんだけど、…一番の問題は…全部がレディース、つまり、女物であることだろう。泰史は女装マニアなのだ。

「…なに？」

「…ううん。チェックのミニスカートってアイドルの衣装っぽいなと思って」

「ああ、確かに。可愛《かわい》い？」

よく似合ってると返し、開いたドアからエレヴェーターに乗り込む。泰史がスカートしか穿《は》かなくなったのは、高校を辞めてすぐの頃だ。高校を辞めたのも学ランに耐えきれなくなったからなのだ。泰史の両親は困惑し、女装をやめるよう俺に説得してくれと頼んできたのだが、泰史は誰の意見も聞き入れなかった。

そのうちに地元を離れ、上京したので、泰史は誰に気兼ねすることなく女装できるようになり、今ではそれ以外の格好を見たことはない。泰史は女っぽい体型ではないけど、細いし、脚とかもちゃんと手入れしているから、女装していても不快な印象はない。本物の女と間違える人もいるくらいだ。

ただ、本人には不満もあるようで。

「…いいなあ。詠太は…」

「な、なに？」

背後に立っていた泰史がぼそりと呟いた声に怨念がこめられているように感じ、怪訝《けげん》に思って振り返る。泰史は鏡になっている壁面を指さし、見るように示した。

「こんなに華奢《きゃしゃ》で、顔も小さくて、何より可愛いから」

「……。俺的には嬉しくないけど？」

「うらやましい。俺が詠太だったら、もっと可愛くなれるのに」

泰史は恨めしげに言うけれど、俺としてはちっともありがたくない。華奢でよかったことなんか一度もないし、顔だって、もっと男らしい造りの方がよかった。古賀さんに「待てをしてる柴犬」なんて言われるんだから。

「可愛いっていうのは…なんか違うって。会社の人からは柴犬みたいだって言われてるんだよ」

「確かに和犬の凜々《りり》しさはあるね」

うんうんと泰史が頷いたところでエレヴェーターは一階に着き、ドアが開いた。人気《ひとけ》のないロビイを横切り、一番近いラーソンの場所を泰史に確認する。五分ほどのところにあると言うので、二人でエントランスから出て、左方向に歩いていった。

夜道を並んで歩き始めると、泰史がマンションの外に出るのはお花見以来だと呟いた。

「お花見って…俺と一緒に目黒川に行ったやつ？　二ヶ月近く前じゃない？」

「うん」

「そりゃ…煮詰まるよ。もうちょっと、外に出た方がいいよ」

泰史は仕事柄、外に出る必要がないので、多忙なのもあってそうなってしまうのかもしれないけど。精神的によくないと眉《まゆ》を顰《ひそ》める俺に、泰史は肩を竦《すく》める。

「そう思ってるんだけど、なんか億劫《おっくう》になっちゃうんだよね」

「話すのだって、俺と牟田さんくらいだろ」

「うーん…ムッターとは話してないかな。メールだもん」

「よくないって」

お花見だって俺が誘わなかったら行かなかったに違いなくて、もっと気を配って連れ出さなきゃいけないいなと反省する。俺が東京で働くことになった時、泰史の両親は喜んで、様子を見てやってくれと真剣に頼んできた。二人の心配がよくわかると思い、前を見ると、ラーソンの看板が見えてきた。

泰史が食べたいと言ったプリンがありますように。売り切れなんてことは勘弁してください。そんなことを神に願いながら歩いていると、前方から背の高い男の二人連れが歩いてきた。何気なくすれ違うだけだと思っていたのだが、その右側にいたスーツ姿の人が俺たちの方をじっと凝視しているのに気づいた。

最初は泰史のことを見てるのかなと思った。泰史の服装はアイドルの衣装並に派手だし、そのせいで女装だとわかる人もいる。じろじろ見られることもままあるので、無視しようと思っていたのだが、距離が縮まってくると、その人が見ているのは泰史ではなく、俺だとわかった。

「……」

えっと思って、相手を改めて見たけど、顔見知りでは…ない。たぶん。全然知らない人だと言い切れなかったのは、どっかで見た覚えがあるような気もしていたからだ。

でも、どこだったかはわからない。正直、顔覚えのいい方ではなくて、取引先で一度会っただけの人とかまでは覚えていない。

そういう相手で、向こうは俺のことを覚えてるのかなと思い、声をかけられるのを待ったのだけど、目が合うと視線を外された。もしかすると、俺と同じようになんとなく見覚えがあるような気がしてただけなのかなと思いつつ、その二人連れとすれ違った。

そこから少し歩き、コンビニの前に着くと、泰史が後ろを振り返って言った。

「さっきの人、詠太をガン見してたね」

「…ああ。俺もなんとなく見覚えがあったんだけど…どこで見たのかまでは覚えてなくてさ。向こうもそうだったんじゃないかな」

泰史と同じように来た方向を見ると、二人連れの背中が遠くに見える。二人ともすごく背が高くて、百八十五近くはあるに違いない。スーツの方の人は体格もよくて、男としてうらやましく思えた。

「でもかなりのイケメンだったよ。なのに、覚えてないわけ？」

「うーん……」

記憶にないなあと首を捻《ひね》る俺に肩を竦め、泰史はコンビニに入ろうと促す。そうだ。プリンが売り切れていないかどうか心配してたんだ。ありますようにと願って開閉式のドアを押した。

ありがたいことに泰史が食べたいと言っていた「黄味多めのしっかりプリン」は売り切れていなくて、それと他にもいろいろと買い込んでコンビニを後にした。久しぶりに自分で買い物したという泰史はご機嫌で、少しは気分も上向いたようだった。

「コンビニっていいね。しあわせが詰まってる感じがする」

「安上がりすぎない？」

今度は他のところに行こうと泰史を誘いながらマンションへ向かう。帰ったらすぐにプリンを食べると子供みたいにはしゃぐ泰史に、遅くなったから泊まっていくという話をしていると、エントランスに辿《たど》り着いた。

「部屋は余ってるんだから、うちに住めばいいのに。家賃も浮くよ」

「それはちょっと。やっくんの仕事の邪魔しちゃいけないだろ」

「仕事なんて…」

どうでもいい…と言いながら、先を歩いていた泰史が急に立ち止まったので、俺はその背中にぶつかってしまった。驚いてどうしたのか尋ねようとした俺に、泰史はしっと人差し指を立てて声を出さないよう指示する。

なに？　どうしたわけ？　意味がわからず、怪訝に思う俺の前で、泰史は壁に背中をつけてそっと向こうを窺《うかが》うような素振りを見せた。ちょうど曲がった先がエレヴェーターホールというところまで来ており、泰史はそっちの方を隠れて見ているようだった。

「何かあるの？」

「さっきの人たち」

ひそひそ声で聞いた俺に、泰史も同じような小声で返す。さっきの人たちって？　その意味がわからず、俺も泰史の陰からエレヴェーターホールを覗《のぞ》いてみる。すると、コンビニに行く途中ですれ違った男の二人連れが立っていた。

さっきって、そういう意味か。納得すると共に、泰史が慌てて身を隠した意味も理解できる。なんと、二人は親密そうに抱き合っていたのだ。

「……。邪魔しちゃいけない感じ？」

「……。でも、エレヴェーターに乗るしかないよね？」

泰史の部屋は三十六階だし、階段では到底上がれない。それに階段がどこにあるのかもわからないのだ。邪魔するとしても、彼らの向こう側にあるエレヴェーターに乗るしかないのだけど…。

二人で顔を見合わせてから、もう一度、エレヴェーターホールを覗き見る。相変わらず、彼らは抱き合ったままだったんだけど、よく見てみると、片方が一方的に迫っている様子なのがわかった。

迫っているのはスーツじゃない方の人で、迫られているのは俺をガン見していたスーツの人だ。抱き合っているように見えたのも、スーツじゃない方の人が強引に腰へ手を回して引き寄せているからだった。今にもキスしそうに顔を近づけている相手に、スーツの人は厭そうな表情を見せている。

「…もしかして、迫られてる感じ？」

「みたいだね…」

俺と同じことを泰史も考えていたらしく、小さく呟くのに同意する。なんかよくわからないけど、ラブシーンではなさそうなのに少しだけほっとした…のも束《つか》の間《ま》。スーツじゃない方の人が強引にキスをした。

「うわ」

ぶちゅうなんて擬音をつけたくなるほどの熱烈なキスで、思わず、声が漏れてしまう。反射的に漏れた声は意外に響き、運の悪いことに、彼らの耳にも届いてしまった。泰史と慌てて首を引っ込めたのだけど、時遅く。

かつかつと足音が近づいてくるのがわかり、俺と泰史は青ざめた。

「ど、どうしよう…！」

「や、やばいよね…！」

あわあわとしながらも逃げるという発想が出てこなくて、二人して焦っているうちに、スーツの人が姿を現した。その顔は怒ったもので、長身で体格のいい相手に上から睨《にら》むようにされると震え上がってしまう。俺たちは速攻で「ごめんなさい！」と取り敢えず謝った。

「な、何も見てません！」

本当はばっちり見ていたのだけど、見ていないという嘘《うそ》をつくしかなくて、泰史と並んで両手を上げて宣言する。眉を顰めた険相でやってきたスーツの人は、俺の方だけをまっすぐに見て、低い声で言った。

「誰にも言うなよ」

「言いません！」

誰を指して口止めされているのかもわからないまま、俺はぶんぶんと首を縦に振る。オープンな世の中になってはきているけれど、男同士のキスが立場的にまずい人がいるのはわかる。口外なんてしたりはしないと、俺が必死に誓っていると、彼に強引なキスをした相手がやってきた。

「コズ。知り合いなの？」

「…お前には関係ない」

尋ねられたスーツの彼は冷たい口調で返し、相手の人はそれを不満に思ったようだった。

微《かす》かに眉を顰め、俺の方を見て、「どういう知り合い?」と聞いてくる。

しかし、俺にとっては「もしかしたらどこかで会ったことがあるかもしれない」っていう程度の人で、正直、どこの誰だかはまったくわかってない。今度は首を横に振って、「知りません」と答えた。

すると、俺の答えを聞いたスーツの人は即座に眉を顰めた。俺が知らないと言ったのが信じられないというように見える。ということは…、やっぱりスーツの人は俺を知ってるのだろうか。

だから、誰にも言うなと口止めした…? そう推理して、俺は「あの」とスーツの人に声をかけた。どこで会ったのか確認しようとしたのだけど、そう問いかける前にキスをした男の人が間に入ってきた。

「ふん」

目の前に立ち、覗き込んでくる相手はスーツの人よりも細身だったけど、同じくらいの長身で、威圧感はたっぷりある。キリンにじっと見られている気分でどきどきしていた俺が「何か?」と聞くと、彼はおもむろにデニムのポケットからスマホを取り出した。

そして…。

「…っ…!」

いきなり俺の腕を摑《つか》んで引き寄せ、大きな掌《てのひら》で後頭部を固定してから、強引にキスして

きた。想像もしなかった事態に硬直すると同時に、ものすごく酒臭いのが直《じか》に伝わってきて、キスだけで酔っ払いそうになる。

その上、さらなる驚きだったのは、彼が俺とキスしている様子をスマホで撮影していたのだ。カシャカシャという音を聞いてはっとした俺は、慌てて彼を突き飛ばす。飛びのくようにして後ずさりし、唇を手の甲でごしごし拭《ふ》きながら彼を睨む。

一体、なんなんだ？　酔っ払いのキス魔？　けど、スマホで写真なんて…。さっぱり意図が見えず、怒りより恐怖が感じられる。

「な…何するんですか！」

ようやく声を上げた俺を、キスした彼はちっとも見てなかった。ふふんと勝ち誇るような笑みを浮かべ、スマホで撮影した画像を確認している。笑ってる彼は満足げにも見えて、厭な予感が頭に浮かんだ。まさか…と思いたいけど…。

「ばっちり。よく撮れてるでしょ？」

「…悪趣味だな」

スマホを見せられたスーツの人は眉を顰めて吐き捨てるように言う。その反応が気に入らないのか、キスの彼は不満げに唇を尖《とが》らせ「コズのためじゃない」と言った。それがどういう意味なのか、把握しかねて窺うように見ていた俺にも、スマホを見せてくる。

「この画像をばらまかれたくなかったら、誰にも言うんじゃないわよ」

「っ…⁉」

まさかと思った厭な予感が当たり、俺は息を呑んで小さく震え上がった。誰にも言うな…っていうのは、彼とスーツの人がキスしてたところを見たのを口外するなってことだろう。けど、そんなの誰にも言わないし…だって、彼が誰かもわからないのだ。話す相手なんかいない…こんな脅しみたいな真似《まね》をしなくたって…。

「ちょ…待ってください。俺は元々誰にも言う気なんかありませんし、こんな真似…」

「あんたの顔、はっきり撮れてるからね」

「だから、誰にも言わないって…」

どうして俺が脅迫されなきゃいけないのか。青ざめて抗議する俺の話を、キスの彼は聞く気なんかないようで、スマホをポケットに入れてスーツの人に腕を絡ませる。行こうと促されたスーツの人は眉を顰めて邪険に振り払った。

「俺は帰る」

「ええ〜。もうちょっとだけ。いいじゃん、ねえ〜」

帰ると宣言したスーツの人がエントランスの方へ向かって歩いていくと、キスの彼は縋《すが》るようにして後を追っていった。その背中に「あの！」と声をかけても、二人とも立ち止まってはくれない。追いかけたところで相手にしてくれない可能性の方が大きいような気がして、俺は呆然《ぼうぜん》としたまま、彼らが消えていくのを見ているしかできなかった。

なんだったんだ…。男同士で抱き合ってるとか、キスしてるとか、そのあたりまでは俺にも許容範囲だったけど、その後が理解不能だ。口止めするためにキスして、その写真を撮って脅すなんて…。

ありえないと髪の毛をくしゃくしゃかき回している途中ではっとした。そうだ。さっきから泰史の気配がしないけど…。

「……？」

周囲を見回せば、泰史は壁際に背中をつけ、立ちつくしていた。その表情はぽかんとしていて、ねじが飛んでしまったように見える。引きこもりで、まともに会話するのは俺だけっていう泰史がショックを受けたのも仕方のない状況だった。リアルに社会生活を送ってる俺だって、何がなんだかわからない感じなのだ。

「やっくん、大丈夫？」

心配そうに俺が声をかけると、フリーズしていた泰史ははっとして身体《からだ》を震わせる。あの二人はどっかに行っちゃったから大丈夫だと告げる俺にかくかくと頭を動かして頷き、早足でエレヴェーターへ向かった。

これでようやくエレヴェーターに乗れるけど、困ったなという気分は消えない。ボタンを押してエレヴェーターが来るのを待っている間、思わず愚痴が漏れていた。

「参るよなあ。酔っ払ってるんだよ、あの人。すげえ、酒臭かった…。男にキスされるなんて…冗談じゃないって。ここに住んでる人なのかな。やっくん、見覚えあった？」

「………」

「あー…知らないよな。やっくん、部屋から出ないし…」

「……詠太…」

ぼそりと泰史が名前を呼んでくるのに「何？」と返す。泰史が同じマンションに住んでる人を知ってるとは思い難かったけど、目立つ人たちだから思い出したのかな。そう思って隣を見ると、泰史の横顔がいつもと違っているのに気づいた。

目が思いきり見開かれてて、唇は凜々しい感じで結ばれている。膨らんだ小鼻からは「ふんっ」とやる気に満ちた息が漏れていた。

な、なんだろう？　首を傾げる俺に、泰史はかつてなく輝いた顔で高らかに宣言する。

「俺、描けそうだよ！」

「……」

どうしてこの状況で？　俺が酔っ払いの男にキスされてへこんでいるってのに？　愕然《がくぜん》とする俺をよそに、泰史は「ありがとう」と叫んで抱きついた後、開いたドアからエレヴェーターに駆け込んで、三十六階のボタンを連打したのだった。

部屋に駆け戻った泰史は居間の照明を点け、ローテーブルの上に五百枚くらいのコピー用紙の束を置き、シャープペンシルと消しゴムも用意して、一心不乱に描き始めた。声をかけるのも躊躇《ためら》うほどの集中ぶりだったけど、照明が点いて露《あら》わになった部屋は呆れ返るような状態になっていて、掃除してもいいかと聞いた。

「うん。ごめん、お願いできるかな！」

「掃除機もかけて大丈夫？」

「大丈夫！」

返事までやる気に満ちている泰史は、ろうそくの明かりに囲まれて体育座りしていた姿からは想像つかない。どこでスウィッチが入ったのかは俺にはよくわからないけど、泰史のやる気を待っている人がたくさんいるのも事実なので、よかったと思うことにした。

高校の制服が気に入らないと言って学校を辞めた泰史は、一年くらい引きこもっていた後、突然、漫画家になった。小さい頃から絵はうまかったけど、漫画を描いてたってのは知らなくて、親戚《しんせき》一同で驚いた。

泰史の漫画はデビュー作から注目され、すぐに連載が決まり、人気漫画家となった。一つ年下の泰史が上京したのは、高校を卒業した俺が就職したのと同じ頃で、お互いが忙しくてしばらくの間は疎遠だった。

俺が転職して上京することになった時、泰史のおじさんとおばさんは喜んで、よろしく頼むと懇願された。幼い頃から気難しいところのあった泰史は、実の両親でさえ扱いに困ることがあったのだが、不思議と従兄弟の俺には無条件で懐いていた。俺も泰史を面倒に思ったことはなくて、できる限り様子を見る約束をした。

初めて東京で泰史を訪ねた時、おじさんとおばさんが心配するのは無理もないと納得した。都会のマンションで一人、誰とも口をきかず、部屋からも出ないで漫画だけを描いているのだ。普通の人間でもおかしくなりそうなのに、泰史は元々、気分のむらが激しくて、落ち込むとことん参ってしまう性格をしている。そんな泰史に漫画家という多忙な上に人気商売でもある仕事は、負担が大きいのは当然だった。

今日みたいに、行き詰まって描けなくなる時には、気長につき合うことにしている。好物のプリンを食べさせたり、話し相手になったり。少しでも泰史の気分が上向けばと思って努力するのは、小さな頃から一緒に育った、一人しかいない従兄弟だからだ。

床の上に並べられたろうそくを片づけ、そこら中に落ちているゴミを拾い集める。掃除機をかける前にと思い、泰史がものすごい勢いで漫画を描いているのを確認してから、電話の子機を持って廊下に出た。

バスルームに続くドアを開けて中へ入ると、子機に残っていた着信履歴を拾って電話をかける。コール音がしないうちに「はいっ」という痛切な返事が聞こえ、俺は苦笑して詫《わ》びた。

「美馬です。驚かせてすみません」

『ああ、美馬さん…っ…。来てくださってるんですか…。ていうことは…もしかして…っ』

「あー…俺のお陰じゃないと思うんですけど、なんか、描き始めてますんで。それだけお伝えしておこうと思いまして」

時刻は深夜二時過ぎだけど、寝ずに待っているであろう牟田さんを取り敢えず安心させてあげようと思った。牟田さんは泰史の担当編集者であり、泰史の動向にいつも振り回されている気の毒な人だ。俺の報告を聞いた牟田さんは「はあ～」と安堵《あんど》した息をつく。

『…よかった……よかった…。今度こそ、もう、本当に間に合わないかと…』

「よくわからないんですけど、間に合うんですか？」

『はい。デッドラインではありますが、先生がやる気になってくれさえすれば…。すぐにアシスタントさんたちにも連絡して、いつでも作業に入れるよう、準備してもらいます』

ありがとうございましたと礼を言う牟田さんに、何もしてないからと返す。俺はただ、電話をもらってプリンを買ってきただけだ。それでも牟田さんはしみじみとした口調で、いつもの頼みごとをしてきた。

『美馬さん。やっぱり、先生と同居していただけませんか？　先生も美馬さんが傍《そば》にいてくだされば、落ち着いて描けるようになると思うんです』

「いやいや。それは前にもお話ししましたけど、時々会うからいいんであって、一緒に暮らしたらそれはそれでやっくんの負担になると思いますから…。それより、早くアシスタントさんたちに連絡を入れた方が…」

牟田さんのお願い攻撃をかわすために話題を別に向け、なんとか電話を切った。牟田さんの気持ちもわからないでもないけど、俺にも仕事がある。泰史にずっとつき合っていられるわけじゃないのだ。

通話を終えた子機を手に居間へ戻ると、泰史は相変わらず脇目《わきめ》も振らない感じで描き続けていた。あれだけ集中してたら邪魔にもならないだろうと思い、掃除機をかけて、キッチンに溜まっていた洗いものを片づけた。

山のようにあった洗濯物も集めて洗濯して、一通りの家事を終えた時には、明け方の四時になっていた。まだも同じ体勢で描き続けている泰史の背中を見ながら、ソファに横になる。十時には出社しなくてはいけないから…九時半には起きないとまずいなと考えて、スマホのアラームをセットした。

「……」

スマホを見ると妙な二人組のことが思い出され、思わず眉を顰めた。酒臭い唇で口づけられただけでも気味が悪いのに、写真まで撮られ、脅された。あの二人のことを誰にも言うつもりなんかないから、写真をばらまかれたりはしないだろうが…。

それにしてもおかしな人たちだった。こっちも女装マニアの泰史がいるから、あまり人のことは言えないけど…。でも、泰史は女装好きでもゲイじゃない。世の中、本当にいろんな人間がいるなあと溜め息をつき、しばらく眠るつもりで目を閉じた。

九時半になりアラームの音で目を覚まして起き上がると、泰史の姿が消えていた。トイレかなと思いつつ、帰る支度をして待っていたが戻ってこない。だったら、仕事部屋だろうと思い、覗いてみると、今度は大きなディスプレイに向かって脇目も振らずに作業していた。

「やっくん、俺、仕事行くけど。何か飲みものでも持ってこようか？」

「いい」

「プリン、冷蔵庫に入ってるから。何かあったら電話して」

「ありがと。気をつけて」

俺の方を振り返りもせずに言う泰史の邪魔をしないよう、そっとドアを閉める。泰史は漫画の原稿をペンタブレットで描いており、そのデータを別の場所にいるアシスタントに送って、仕上げ作業を頼んでいる。そのやりとりも全部メールで、仕事なのに誰とも直接話さないというのは俺には理解できないが、煮詰まるのも当然だと思うのだ。

漫画を描いている泰史にほっとしつつも心配しながら、合い鍵で部屋の施錠をしてエレヴェーターに向かう。一階に降りて、昨夜《ゆうべ》キスをされた場所を通りかかると、自然と難しい顔になってしまった。

彼らがここの住人なら、また顔を合わせる可能性だってある。出会《でくわ》したりしないよう、これからは用心すべきかなと考えながら外へ出て、駐輪場に停めてある自転車に乗り、会社に向かった。

昨夜は任せてもらえることになったサイト関係の打ち合わせ内容や、古賀さんにダメ出しされた企画書の見直しをしようと思っていたのに、結局できなかった。その上、風呂にも入れてないし、服も昨日と同じだ。

あらぬ誤解を受けるだろうなと思っていた通り、先に出社してきていた古賀さんににやりと笑われる。

「あら、詠太。お泊まり？」

「誤解しないでください。従兄弟のところですから」

「従兄弟って…漫画家だっていう？」

泰史が漫画家で代官山に住んでいることは古賀さんも知っている。はいと俺が頷くのを見て、古賀さんはつまらなそうな顔になった。

「なんだ。面白くない。浮いた話はないの～？」

「ないですよ。それどころじゃないですから」

俺は今、恋愛よりも仕事っていう時期なのだ。堂々と言い切って席に座り、昨夜、チェックできなかった白米プロジェクト関係の資料を確認していった。そのうちに川満さんも出社してきて、その日の予定を報告し合った。俺は川満さんのお供で、神奈川の三浦市《みうら》に住む陶芸家のもとを訪ねた後、午後から販売サイト作成のために、ＩＴ部の陣内さんと打ち合わせを行うことになっていた。

三浦市で暮らす陶芸家の伊藤《いとう》さんには以前からいろいろと仕事を頼んでおり、今回は茶碗の制作を依頼している。すでに試作品の打ち合わせは済んでいて、第一弾として売り出す商品の作成に取りかかってもらっていた。

目黒から三浦までは一時間半近くかかる。十時過ぎに社を出て、相手先に着いたのは昼近くで、料理家でもある奥さまの手料理をいただきながら細々とした打ち合わせを済ませ、向こうを出たのが二時過ぎだった。

ＩＴ部の陣内さんとは三時に約束していたのだが、到底間に合いそうにない。川満さんの指示で陣内さんに連絡を入れ、帰社は四時を過ぎそうだと告げた。

『わかりました。じゃ、帰ってきてから声かけてくれますか。社内にいますんで』

「了解です。失礼します」

通話を終えて川満さんに報告しようとすると、スマホでメールを打っていた。どうかしたのかと聞けば、急に予定が入ったから途中で別れようと言う。

「デザイナーの赤平《あかひら》さんが確認したいことがあるって言うから…社に戻る前に寄ってくる」

「わかりました。じゃ、俺は先に帰りますね。何か陣内さんに伝えておくこととかってありますか?」

別にないよ…と川満さんが答えたところで、ホームに電車が入ってきた。運よく空席があって座ることができたので、打ち合わせ用の資料に目を通し始める。すると、隣に座ってスマホを弄《いじ》っていた川満さんが「あ」と声を上げた。

何かを思い出したみたいなふうに聞こえ、俺は顔を上げて川満さんを見る。どうしたんですか? と聞いた俺に、川満さんはしばし間を置いてから答えた。

「…いや。そういえば…サイトの打ち合わせに、陣内さんだけじゃなくて、営業の奴が同席するとかしないとか…言ってたような…」

「営業…ですか?」

うちの会社は従業員が六十人程度の小さな会社だけど、俺たち商品企画部と営業部はフロアが違うので、顔を合わせる機会は少ない。それでも何人か顔見知りの人はいるので、その誰かだといいなと思いながら、担当者の名前を聞いた。

「営業の誰ですか?」

「……」

「…川満さん…?」

何気なく確認しただけだったのに、川満さんが妙に真剣な顔で自分を見ているのに気づいて、俄《にわか》に不安な気持ちが生まれる。どうしたんだろう? 何か…問題でもあるのかな? 俺が困った顔になるのを見た川満さんは、鼻先から小さく息を吐いて、にやりと笑った。

「何事も経験だな」

「…どういう意味ですか?」

「赤平さんとの打ち合わせ、なるべく早めに終わらせて戻るから」

俺の質問には答えず、ごまかすような台詞《せりふ》を吐いて、川満さんは再びスマホを弄り始める。なんなんだ? 怪訝な思いで川満さんを見たが、説明してくれる気配はなくて、諦《あきら》めて再び資料を読み始めた。営業の誰が来るのかがわからなくても、IT部の陣内さんとはこれまでも仕事しているし、親しくもある。なんとかなるだろうと軽く考えていたのだけど…。


渋谷にある赤平さんの事務所へ向かう川満さんと別れ、目黒駅に着いた時には三時半近くになっていた。時間を気にしながら早足で社に向かおうとしたところ、歩道の右側を走っていった車が少し先で停まるのが見えた。大きな四輪駆動車は見覚えのあるもので、もしかしてと思いつつ、通り過ぎる時に中を覗こうとした。

すると、助手席の窓が開き、「美馬」と声をかけられる。

「社長!」

「戻るんだろ? 乗れよ」

明るく勧めてくれる社長…うちの会社、グリーンフィールズの代表取締役である仲宗根さんの誘いに頷き、助手席のドアを開けて乗り込む。失礼します…と緊張しながら言う俺に、仲宗根さんは笑ってどこに行ってたのかと聞いた。

「三浦です。今度、お茶碗とお箸をご飯セットとして販売する企画で…三浦在住の陶芸家の方に制作を依頼しているので」

「ああ、川満の白米のやつか。どう？」

「細々とした問題はありますが、おおむね順調に進んでいると思います」

「仕事もだけど、美馬の調子は？」

どう？　と仲宗根さんが聞いてきたのは俺自身のことだったらしい。苦笑して聞き直され、慌てて「はい」と返事する。

「元気で頑張ってます」

「なら、いいんだ。早いもんだな。美馬が来てから、もう一年経《た》つのか」

しみじみと言う仲宗根さんに「はい」と相槌《あいづち》を打って、この一年はあっという間だったなって感慨深く思っていた。

グリーンフィールズという会社と、その社長である仲宗根さんを知ったのは、三年くらい前のことだ。俺の故郷でもある六坂《むさか》市という小さな町で、特産の梅を生かした名物を作ろうという案が上がった。その企画に携わることになったのがグリーンフィールズで、市の広報課の一人として仲宗根さんに会った俺は衝撃を受けた。

仲宗根さんはエネルギーに溢《あふ》れていて、影響力の大きな人だった。田舎町《いなかまち》で暢気《のんき》に育った俺は仲宗根さんに憧《あこが》れて、グリーンフィールズで働きたいと強く思った。ちょうどその頃、たった一人の家族だった母を亡くしたばかりで、先を考えるような環境下にあったのも大きかった。

周囲から本当にいいのかと心配されながらも、市役所を辞めて、グリーンフィールズに転職した。あれから一年以上。グリーンフィールズには仲宗根さんと同じくらい魅力的な人がいっぱいいて、毎日が充実しているし、何より楽しい。

「まだまだ役に立てているとは言い難いんですけど…、頑張って努力します」

「美馬は真面目《まじめ》だな。商品企画ってのは柔軟な思考が重要なんだからさ。気軽な感じでいいんだよ」

リラックス…と言われても苦笑いしか返せない自分が少し情けなかった。仲宗根さんはグリーンフィールズを二十代前半で立ち上げて、あっという間に年商十億を超えるような会社にしたような人だ。誰でも味方につけてしまう、魅力的な性格は俺の憧れでもある。そんな人と一緒にいるだけで緊張してしまうのは仕方のない話だ。

相槌を打つだけで精一杯で、あっという間に会社に着いた。駐車場に停められた車から降りると、乗せてもらったお礼を言って、一階へ行くという仲宗根さんと別れた。商品企画部の入る二階に上がってすぐに、待たせてしまっている陣内さんに電話を入れる。

「…あ、美馬です。すみません、今、戻りまして…」

『見えてます』

陣内さんの返事を聞き、スマホを手にしたまま周囲を見回すと、ぶち抜きになっているフロアの反対側で、手を振っているのが見えた。ぺこりと頭を下げ、通話を切って資料を持って移動する。お待たせしてすみません…と詫びた俺に、陣内さんは頬杖《ほおづえ》をついて「俺はいいんですけどね」と言った。

「というと…?」

「営業の桜庭《さくらば》くんに電話しました?」

「……」

神妙な顔で聞く陣内さんに返す答えがなく、無言に陥る。川満さんから営業が同席するっていう話を聞いて…誰が来るのかと聞いた後、答えてもらえなかったのもあって、そのままスルーしたような形になってしまっていた。

しまった…。あの時、営業が同席するなら、そっちにも連絡入れなきゃいけないんじゃ…って、思いつかなきゃいけなかったのに。青くなった俺は、陣内さんを窺うように見る。

「……して…ないんですけど…、…もしかして…怒って…?」

「ましたよ。時間は守れって」

「……」

陣内さんがこういう言い方をするんだから、そうだよな～。やらかした気分で頭を抱えつつ、桜庭さんは陣内さんのところまで来たのかと聞きながら、その顔を思い出そうとしてみたが、出てこない。名前に聞き覚えはあるんだけど。

「三時だと聞いてたようで、時間ぴったりに。桜庭くん、時間守る人ですからね」

「すみません。謝ってきます。ええと：一階に？」

「桜庭くんには俺から遅れるという連絡があったと伝えたんですけど、美馬くんが戻ってきたら一度来させて欲しいって言ってました。謝ってから、彼を連れてきてください」

仕切り直して打ち合わせしようと言う陣内さんに重々しく頷き、資料をその場に置いて一階へ向かった。はあ。気が重い。連絡しなかった理由として、何を言ったところで言い訳だ。余計に叱られるのは間違いないので、最初から謝り倒そうと決めた。

一階のフロアに入ってすぐのエリアは総務や経理といった庶務部門が使っており、営業は奥の方にある。たまたま顔見知りの人がいたので、営業の桜庭さんはどの人か聞いてみた。

「桜庭さん？　…ええと……ああ、今、社長と話してる人よ」

彼女が指す営業部の方を見ると、さっき駅から乗せてきてくれた仲宗根さんが机の端に腰掛けて談笑しているのがわかった。その相手が桜庭さんだと言うが、柱の陰になって見えない。でも、仲宗根さんが話している相手だというのはわかったので、礼を言って営業部の方へ歩き始めた。

仲宗根さんにへまをしたのがばれるのは恥ずかしいなと思ったけど、仕方がない。とにかく、今以上に相手を怒らせないようにしないと。そう肝に銘じて、窺うように近づいていくと、柱の陰になっていた桜庭さんの姿が見えてくる。

椅子《いす》に座って仲宗根さんと話している後ろ姿を見た時、「あれ？」と思った。なんか…どっかで見た覚えがあるような…。しっかりした体格の、あの背中は…。

「…おう。どうした？」

桜庭さんと思われる相手の背中を凝視していた俺は、仲宗根さんが自分に気づいたのがわかっていなかった。向こうから声をかけられ、どきりとして立ち止まる。桜庭さんに謝りに来たのだという説明をしようとした時、俺の存在に気づいた彼が振り返る。

「…‼」

「………」

その顔を見た瞬間、俺は思わず叫んでしまいそうになって慌てて両手で口を塞《ふさ》いだ。向こうも咄嗟《とっさ》に眉を顰め、なんとも言えない表情になっている。それも当然の話だろう。だって…営業の桜庭さんというのは…。

昨夜、酔っ払いの彼にキスをされていたスーツの人だったのだ。

頭の中をぐるぐると昨夜の記憶が回り回って、硬直したまま何も言えずに桜庭さんを凝視していた俺のことが、仲宗根さんは心配になったようだった。どうしたんだよ…とちょっと強めに聞かれ、そこでようやく詰めていた息を吐き出した。はあと深呼吸してから首を横に振る。

「な、なんでもありません…！」

「そうは見えないぞ？」

「…仲宗根さん。俺、こいつと打ち合わせがあるんで。また今度でもいいですか？」

桜庭さんが怪訝な顔をしたのは一瞬で、その後は普通の表情に戻っていた。俺を心配する仲宗根さんに仕事があるのだと告げる態度は堂々としていて、相手を社長だと捉《とら》えていないようにも感じられる。

仲宗根さんの方も「ああ」と軽く返し、また連絡すると言って離れていった。その気配がなくなると、桜庭さんは再び眉間《みけん》に皺《しわ》を刻んで俺を見た。

「…お前が…商品企画部の美馬か？」

「……」

いまだ動揺が治められない俺は声が出せずに、かくかくと頭を動かして頷く。本当はのっけから謝ろうと思っていたのに、衝撃が大きすぎて何もかもが飛んでしまっていた。俺が頷くのを見て、桜庭さんは腕組みをして難しい顔で考え込んだ。

昨夜、桜庭さんと…コンビニに行こうとしていたところをすれ違いかけた時。桜庭さんは俺をじっと見ているようで、知り合いなのかと思ったりしたけど、記憶にはなかった。でも、桜庭さんの方は俺に見覚えがあったのだ。

だって、同じ会社…しかも、社員数が六十人という小さな会社だ…なのだから、当然とも言えるだろう。自分が桜庭さんの顔を覚えていなかったのに反省しつつ、「だから」と納得する。誰にも言うなと桜庭さんが口止めしたのも無理はない。

「……なんだ？」

「っ…いいえ、なんでもありません…！」

桜庭さんが口止めした理由と一緒に出てきたのは、酔っ払いの彼とキスしている姿で、いけない記憶を振り払うように頭をぶんぶん振って否定する。桜庭さんは物言いたげな顔で俺を見据えた後、「それで」と続けた。

「俺に遅れると連絡しなかったわけは？」

「え…？」

「ＩＴの陣内さんには連絡を入れたのに、どうしてこっちには連絡をよこさない？　うちは暇だとでも思ってるのか？」

「…とんでもない…」

厳しい口調で詰《なじ》られ、俺は追いつけない気分で力なく頭を振る。昨夜会ったのを覚えていないわけはない。つまり、桜庭さんは一切、昨夜のことに触れないつもりなのだと判断し、最初からやり直すつもりで「すみませんでした」と謝った。悪いのは俺だし、言い訳は通用しないとわかってる。

「俺のミスです。遅れて申し訳ありませんが、今から打ち合わせを…」

「理由を聞いてる」

「…それは……」

川満さんが営業の担当者が誰か教えてくれなかったから…というのは筋違いの説明だろう。営業が同席すると聞いた時点で、そっちにも連絡しなくてはいけないと思いつかなかったのは俺のミスだ。

「営業が同席するとは聞いたんですが…失念していました。すみません」

「営業は失念される程度の存在か?」

「…そういうわけじゃなくて…。こういう段取りに慣れていなくてですね…」

「社内の打ち合わせの段取りも組めないのか」

何を言っても皮肉めいた返しをされるので、言葉がなくなっていく。ていうか、もしかして…この人、性格悪いんじゃ…。

そんな思いが頭に浮かぶと同時に、顔にも出てしまっていたらしい。桜庭さんは眇《すが》めた目で俺を見ると、「なんだ？」と低い声で聞いた。

「な、なんでもありません…！」

「……」

慌てて首を振る俺をしばし睨むように見た後、桜庭さんはデスクの上に置いてある資料を手に立ち上がった。昨夜も思ったけど、本当に背が高くて体格がいい。何かのスポーツでもやってたのかな。それに男らしく凜々しい顔立ちは誰からも無条件で格好いいと思われるものだろう。こんなに目立つ人をよく覚えていなかったなと自分のことを呆れるほどだ。

「陣内さんを待たせるのも申し訳ない。行くぞ」

「はい」

短く命じられ、素直に返事をして桜庭さんの後に続く。しかし、打ち合わせもこの調子で続けられるのかな？　だとしたら…。


ＩＴ部の陣内さんとは過去にも仕事をしたことがあって、今回は俺がメインで任されたのだからと意気込んではいたものの、前回と変わらないような感じでいけばいいだろうと考えていた。陣内さんは年上でも口調が丁寧で穏和な人だし、俺とも波長が合う。俺がミスをしても怒るような人じゃないのを知っていたので、そのあたり、油断していたのだ。

だって、まさか、桜庭さんみたいな人が現れるなんて、思ってもいなくて…。

「正確な商品点数も決まってない。入荷数量もわからない。仕入れ価格も交渉中ばかりで、一件も決定していない。これでどうやって販売価格を決定しようっていうんだ？　売り上げの予想も立てられないだろう。これじゃ」

「……あの……それは順次…決まっていく予定でして…。今回はざっくりとしたイメージ的な説明を…」

「イメージ？　利益率をイメージで出すっていうのか？」

「利益率は……」

俺にはわかりません…と正直に言ってしまいたいのだが、口に出した途端、百倍になって返ってきそうで…いや、実際、返ってくるのだ…何も言えない。先が続けられずに黙った俺を見かね、陣内さんが「まあまあ」と間に入ってくれる。

「美馬くんはまだ若いし、勉強中だと思って」

「年齢ではなく能力の問題だと思います。それに仕事を勉強するという感覚は俺には理解しかねますね」

桜庭さんが言うのは正論で、陣内さんは苦笑するしかなく、俺は身を小さくするしかなかった。始まって五分でこれなのだから、この先はどうなるのか。恐ろしくなって思い出したのが、川満さんの微妙な態度である。

営業の担当は誰かと聞いた俺に答えず、「何事も経験だな」とか、川満さんは呟いていた。あれって、桜庭さんがどういう人なのか知っての反応だったに違いない。川満さんが最初から忠告しておいてくれれば…！　俺だってそれなりの覚悟や対応ができていたのに。恨めしい思いで川満さんを呪《のろ》い始めた時だ。何気なく見た出入り口の方角に、川満さん本人の姿が見えた。デザイナーの赤平さんのところに寄るという川満さんとは途中で別れたのだが、戻ってきたのだと思い、俺は必死の念をこめて川満さんを見た。

俺の視線には相当の怨念がこもっていたのだろう。川満さんがはっとしたような顔で俺の方を見る。俺がどういう状況下にあるのか、目が合うなりわかったらしく、川満さんは苦笑を浮かべて近づいてきた。

「桜庭〜。うちの詠太をあまり苛《いじ》めないでやってくれよ」

川満さんの方に背を向けていた桜庭さんは、その存在に気づいていなかったらしい。気軽な感じの声を聞いてさっと眉間に皺を刻んで振り返る。川満さんは商品企画部のエースで、つまり、うちの会社のキーパーソン的な人で、桜庭さんよりも年上であるのだが、そんなことは関係ないようだった。

机の横に立った川満さんを眇めた目で見据え、ふんと鼻息でもつきそうな勢いで、俺が渡した資料を示して問いかける。

「苛めてなんかいません。これ、川満さんのプロジェクトですよね？　今の段階でこれだけしか数字を提示できなくて大丈夫なんですか?」

「うーん。微妙かも」

「なのにゴーサインを?」

「新米の季節に合わせたいんだよね。新米の抱き合わせ販売も狙《ねら》ってるんだ」

「それ、うちの方に企画書出してますか?」

これから書く予定…と答える川満さんはあっけらかんとしていて、桜庭さんの険相もまったく目に入っていない様子だ。さすが川満さん。この桜庭さんを相手に開き直れる根性は是非見習いたいものだけど、キャリアもキャラも違うってわかってる。

すごいなあって感心していると、川満さんは時計を見て、約束があるから行かなきゃいけないんだとすまなさそうに告げた。

「詠太。社長と飯食いに行ってくるから、そのまま直帰する。古賀ちゃんに言っておいてくれるか」

「了解です」

「桜庭、悪いのは俺だから、あまり詠太を苛めないでやってくれ。今月中にはなんとか形にする。…でも、陣内さんの方は仕事を進めておいてもらえますか」

「わかりました」

川満さんに頼まれた陣内さんはわかっているという顔つきでにっこり笑って頷く。一人険相の桜庭さんの肩を軽く叩《たた》き、川満さんは「頼んだ」と言い残して去っていった。

ああ…このまま川満さんが同席してくれたらな。ものすごく話も早く終わりそうなのに…。

「……」

川満さんが去っていった方向を惜しむように見つめていた俺は、視線を感じてはっとした。振り向けば桜庭さんが不機嫌そうな顔で睨んでいる。しまったと思い、取り敢えず、愛想笑いを浮かべた俺に、桜庭さんは「いいか」と念を押すように言った。

「あれはあの人だから許される真似だ。つまり、どんなに適当でも結果を出せば許されるっていう、うちの社のポリシーにも通じている。だが、結果を一切出していない人間にあれが許されると思うか？」

「…思いません…」

「だったらどうしなきゃいけない？」

「……ええと…」

「ええとじゃない。相手を説得できる材料をできるだけ揃えることだ。どこから突っ込まれても即座に返せる話術がなけりゃ、企画書なんて一生通らないぞ」

なんだか微妙に話がずれているような気もしたが、確かにその通りだ。なるほど…と真面目に頷いて聞く俺がおかしかったらしく、陣内さんが噴き出して笑う。その後も桜庭さんに厳しい指摘ばかりを受け、途方に暮れた気分で、今度は古賀さんが助けに来てくれないかなと子供みたいに願っていた。

陣内さんとの仕事には古賀さんがフォローに入ってくれると言っていたので、助けを望んでいたのだが、出掛けていた古賀さんが戻ってくる気配はなかった。でも、その前に桜庭さんに電話が入り、急用が入ったと言って打ち合わせを抜けてくれた。心底ほっとしつつ、中座していく桜庭さんを見送り、大きな溜め息をつく俺を、陣内さんが「お疲れ様」と慰めてくれる。

「大変でしたね。美馬くん、桜庭くんとは初めて…だったんですね？」

「はい。陣内さんから怒ってるって話を聞いた時、厭な予感はしたんですが…。まさか、うちの会社にあんなに怖い…いえ…」

「いや、怖いですよ。事実、有名です。俺は年上で直接は利害のない立場だから詰め寄られたりした経験はありませんけど、責められてる美馬くんを見ていたら胃が痛くなってきました」

「ですよね…」

ははは…と乾いた笑いを漏らし、改めて打ち合わせ用の資料を見る。これで落ち着いて陣内さんに話ができると思うものの、桜庭さんの相手で疲れきってしまって、何から話していいのかわからなかった。

そんな俺を陣内さんは優しくフォローしてくれる。

「でも、美馬くんが描いてくれた…このイメージ図。俺はわかりやすくていいと思いますよ。このまま形にしてもいいくらいだと思います。センスありますね」

「そうですか？」

「川満さんだと三言くらいですからね」

明るく、シンプルで、モダンに。そんな三言でサイトを作成しなきゃいけない時もあるので、こういうイメージ図はありがたいと言う陣内さんが、励ましてくれてるのかどうかはわからなかったけど、自信には繋がった。やっぱ打ち合わせって、こういうのだよなとしみじみ思った時、「お疲れ～」という古賀さんの声が聞こえる。

「古賀さん…！」

「な、何？　どうしたのよ？　詠太」

さっきまで古賀さんを待ち焦がれていたのもあって、思わず必死な声で呼んでしまった俺に、古賀さんは戦《おのの》いたような顔で眉を顰める。驚かせてしまったのを詫びる俺の横から、苦笑した陣内さんが説明してくれた。

「お疲れ様です。いえね。打ち合わせに営業の桜庭くんが同席してたんで…」

「はあはあはあ」

陣内さんから桜庭さんの名前を聞いた途端、古賀さんはにやりとした表情を浮かべる。古賀さんも桜庭さんを知っているようで、俺がどんな目に遭ったのかも、すぐにわかったみたいだった。

「桜庭に苛められたのね？」

「古賀さん、桜庭さんと親しいんですか？」

「まあね。詠太じゃ逆立ちしたって勝てる相手じゃないからねえ。で、桜庭は？　詠太の優柔不断さに苛《いら》ついて帰ったの？」

「違いますよ。急用ができたとかで……優柔不断とか言わないでくださいって。へこむんですから」

ただ、ちょっとばかり押しが弱いだけだ。情けない表情で言い返す俺を、古賀さんは面白そうに見て、隣の椅子を引いて座る。迷惑をかけたんじゃないかと心配する古賀さんに、陣内さんは肩を竦めて苦笑した。

「いや、俺の方は特に。責められてる美馬くんが気の毒で、見ていられないなあという感じくらいで」

「すみませんでした。それで、打ち合わせの方は？」

「桜庭くんは資料内容が不十分だと怒ってましたけど、俺の方は美馬くんが作ってくれた内容でなんとかなりますんで、叩き台を作ってみますね。細かい点数や数字なんかはわかり次第、連絡してください」

「助かります。桜庭もねえ、陣内さんくらい柔軟にやってくれると助かるんですけど。あいつ、頭堅いから」

「まあ、営業はシビアですから。桜庭くんが出てくるってことは動く金額も大きいんでしょうし。なんたって、営業のエースですから。桜庭くんは」

陣内さんが言うのを聞きながら、叱られ通しだった打ち合わせの内容を思い出すと、桜庭さんからの指摘は的確で鋭いものばかりだったのが改めてわかる。仲宗根さんも桜庭さんに親しげに話しかけていたし、たぶん、仕事ができる桜庭さんに対する信頼も厚いのだろう。

なるほどなあ…と思っていると、陣内さんに電話が入り、打ち合わせはお開きになった。

俺は古賀さんと一緒にデスクに戻り、リクエストに応えてコーヒーを入れた。

「どうぞ」

「ありがと。…詠太、桜庭とは初対面だったの？」

マグカップを受け取った古賀さんに聞かれ、一瞬遅れて頷いた。本当は…昨夜会ってるから初対面ではなかったのだが、桜庭さんが会社の人だとは知らなかったから、初対面ってことで間違いはないだろう。

「あいつ、目立つから見覚えくらいはあったんじゃないの？」

「うーん……」

昨夜、すれ違った時にどっかで見たような気がしたので、記憶のどこかに残っていた可能性はある。昨夜のことを思い出すほどに厭な記憶が蘇《よみがえ》って、複雑な気分で沈黙する俺に、古賀さんは呆れたような顔で忠告する。

「そんなんだから、桜庭に突っ込まれるのよ。隙《すき》を見せると、またいじめられるわよ」

「……。あの…桜庭さんはこれからも一緒…なんですかね？」

恐る恐る聞く俺に、古賀さんはコーヒーを飲みながら頷いた。白米プロジェクトでは単価が高額な商品を多く扱うため、全体の取り扱い額も大きくなる。同時に責任も大きくなるわけで、営業としてもエースの桜庭さんを出してきたのだろうと古賀さんが推測するのを、暗《あん》澹《たん》たる気分で聞いた。

ということは…。白米プロジェクトが終わるまで…桜庭さんとはつき合っていかなきゃいけないわけで…。あの厳しさに慣れることがあるのかなと遠い気分で思いながら、桜庭さんについて尋ねた。

「桜庭さんって…いくつくらいなんですか？」

「三十…だったかな」

「じゃ、古賀さんより下…」

古賀さんに年齢の話は禁句だとわかっているのに、つい口が滑ってしまう。古賀さんにぎろりと睨まれ、慌てて口を閉じて、うちにはどれくらいいるのかと聞いた。

「確か…二年くらいかな」

思い出しながら古賀さんが言うのに、俺は少なからず驚いた。二年だったら、転職して一年の俺とさほど変わらないと思うんだけど…。桜庭さんの態度はグリーンフィールズの創立時からいるんじゃないかって思うような偉そうな…いや、俺とは違ってものすごく仕事ができる人なんだから、当然なんだよなと自分に言い聞かせるように思って首を振った。

「じゃ、転職組なんですね。前はどこに？」

「……。どこだったかな…。ちょっと忘れた。私もそうだけど、うちは転職組ばかりだからね。営業も入れ替わり、激しいから」

「そうなんですか？」

「この前のプロジェクトを担当してたのも、もう辞めたらしいわよ。転職率も高いけど、離職率も高いからねえ。うちは」

古賀さんの話は俺自身、感じていることなので、神妙な気分になった。商品企画部も人の入れ替わりは結構多く、送別会だの歓迎会だのが毎月のようにある。小さな会社っていうのは自由が利いて、やりたいことができるっていう魅力はあるけど、安定という言葉には遠いからなのかもしれない。

そう思って、その安定を自ら手放した自分をちょっと顧みた。俺はまだ若くて独身だからいいだけで、将来的には後悔したりするのかな。でも、そんな自分が想像できなくて、小さく息を吐いてコーヒーを飲む。

「ま、とにかく桜庭とはしばらく一緒だから。覚悟してやりなさいよ」

「りょ、了解です」

「大丈夫。そのうち慣れて、聞き流せるようになるし、毒にはならない奴よ」

薬にはなっても。そんな言葉を飲み込む用意はできてなくて、乾いた笑いを返した。桜庭さんかあ。頭が切れて仕事ができて…格好よくて。ものすごくもてそうなのに…と思ってから、いけないと思って首を振った。うっかりでも口にはできない、昨夜の桜庭さんについては忘れてしまうに限ると思い、記憶をデリートしようと心に決めた。


初対面であるかのように振る舞っていた桜庭さんは、あの件については一切触れないつもりなのだと考え、俺も昨夜のことはすべて忘れてしまおうと思った。これからは営業のエースと、商品企画部の見習いとしての関係を築いていかなきゃいけない。叱られないようにしっかりするのが俺の役目だ。

いつもなんのかんので十二時近くまで社にいることが多いのだが、昨夜は泰史に振り回されたのもあって疲れていたので、十時前に会社を出た。風呂にも入らず、ソファで仮眠を取っただけなんだから、疲れているのも当然だ。駐輪場に停めた自転車を出しながら、早めに寝ようと決めた時だ。

「美馬」

「っ‼」

暗がりで背後から声をかけられただけでも驚くのに、それが「怖い」と頭にすり込まれた相手の声だったから、余計だ。ひっと息を呑んで振り返れば、やっぱり桜庭さんが立っていて、危うく自転車を倒しそうになってしまう。

「大丈夫か？　ふらついてるぞ」

「だ、大丈夫です…！　お疲れ様です！」

ぶんぶんと首を振り、はきはきとした声で挨拶《あいさつ》をする。桜庭さんの前ではちゃんとしないと叱られるという思いが浮かび、姿勢まで正した俺を桜庭さんは怪訝な顔つきで見た。

「帰るのか？」

「は、はい！」

「話がある。ちょっとつき合えよ」

え…と驚くのと、無理、と思うのは同時だった。そして、そんな気持ちは顔に出てしまっていたらしい。桜庭さんは訝《いぶか》しげに眉を顰め、「厭なのか？」と聞いてくる。

しかし、そこで「はい、厭です」と答えられるような度胸は俺にはない。「用があるので」と適当な嘘をつく器用さも。その場に合わせていいように振る舞ってしまい、墓穴を掘るのが俺って奴だ。

「と、とんでもない…」

ぶるぶると首を横に振る俺を見て、桜庭さんは「じゃ、行こう」と言って歩き始める。たぶん、俺の表情だけでノーという気持ちは伝わったと思うのだが…敢えて無視しているのか。桜庭さんが二人で話したいという内容は昨夜のあれしか思いつかず、足取りは重かった。

中目黒近辺には飲食店がたくさんあり、深夜過ぎまで開いているお店も多いので、店選びには苦労しない。桜庭さんは社から歩いて五分ほどのトラットリアを選び、俺に歩道のガードレール沿いに自転車を停めるように言って、先に店に入っていった。

自転車をチェーンで固定してから店に入ると、「ここだ」と呼ぶ桜庭さんの声が聞こえる。窓際の二人席にいるのを確認して、その前に座った。

「飲めるのか?」

「はあ、一応」

何がいいかと聞かれ、ビールと答える。注文を取りに来た店員に、桜庭さんはビールとジンジャーエールを頼んだ。桜庭さんが飲まないのは意外で、驚いて尋ねる。

「桜庭さんは飲まないんですか?」

「飲めないんだ。アルコールは苦手で、宴会の類《たぐ》いにも顔は出さないようにしている」

だから。他の部署の社員も揃う忘年会とかで、桜庭さんほど目立つ人を見ていたら、しっかり覚えているはずなのになと自分の記憶を疑っていた。なるほど、出席していなかったのなら、記憶があやふやだったのも無理はない。

納得する俺に、桜庭さんは食事はしたのかと聞いてくる。夕方にスナック菓子をつまんだ程度で、小腹が空《す》いていたので、家に帰ったらカップ麺《めん》でも作って食べようと思っていた。少しだけ食べますという俺の答えを聞き、桜庭さんは前菜の盛り合わせとパスタを頼んだ。

桜庭さんはさすが営業と思わせるような仕切り上手だった。店員を呼ぶのも、注文するのも手慣れていて、そつがない。俺にはできない業《わざ》だなと感心しているうちに飲みものが運ばれてきて、「お疲れ」とグラスを掲げる桜庭さんに合わせてグラスを持ち上げる。

「お疲れ様です。今日はいろいろと…不手際が多くてすみませんでした。次からはもう少し…善処しますので…」

「本当に俺のことを知らなかったのか?」

「……」

陣内さんとの打ち合わせについて謝りかけた俺に、桜庭さんはストレートに聞いてきた。窺うような調子も感じられて、昨夜のことを思い出す。桜庭さんが俺を食事に誘ったりした理由は一つしかないとわかっていた。

俺は神妙に頷き、口をつけていないビールのグラスを置いた。

「…はい。まさか…同じ会社の人だとは……思ってもいませんでした」

「……」

「桜庭さんは…俺を知ってたんですよね？」

コンビニの近くで、前から歩いてきた桜庭さんは俺をじっと見ていた。あれは見覚えがあったからなのだろうと考えた通り、桜庭さんは難しげな顔つきで頷いた。

「ああ。名前までは知らなかったが…二階の奴だってのは知ってた」

「…だから…昨日…」

じっと見てたんですね？　と言いかけたのだが、俺を見る桜庭さんの視線が鋭くて、続けられなくなる。これはつまり……念押ししたいんだなと思い、首を横に振った。

「言いません…！　俺は何も言いませんから…！　安心してください。だ、だって……ほら、立場的にまずいのは俺の方ですから」

キスしている証拠写真を撮られ、脅されているのは俺の方だ。桜庭さんが心配する必要なんて全然ない。絶対に言わないと宣言する俺を、桜庭さんは無言で見つめていたが、しばらくして深々と息を吐き出した。

「…誤解だと、説明しようと思って」

「誤解…？」

「事情は話せないが…俺はあいつとそういう関係じゃない」

桜庭さんがあいつと言うのは、酒臭いキスの人だろう。桜庭さんが抱き合って…キスしていた相手だ。しかし、真剣な表情で誤解だと桜庭さんが言うのを聞いて思い返せば、確かに、桜庭さんは一方的に抱きつかれていたようだったし、キスも向こうから仕掛けていた。

つまり…桜庭さんは俺と同じで、被害者なのか？

「そう…なんですか？」

「昨日は…あいつが飲みすぎてたから連れ帰る途中だったんだ」

「確かに…お酒臭かったですよね。あの人は…友人とか…？」

確認する俺に、桜庭さんは「そんなところだ」と低い声で言い、運ばれてきた前菜のためにテーブルのスペースを空ける。一緒に置かれた取り皿を並べ、フォークとナイフを使って器用に取り分ける様子はとても手慣れていて、飲食業のバイト経験があるように見えた。

「桜庭さん、上手ですね。こういう仕事をしてたことが？」

「大学の頃にバイトしてた。お前は？」

「え？」

「何かバイトしてなかったのか？」

バイト経験を聞かれ、ちょっと困った気分になったんだけど、ごまかすのもおかしな気がして正直に答える。

「高校の時はずっと新聞配達のバイトをしてました」

「健康的だな。大学の時は？」

「あー…俺、大学は行ってなくて…高校卒業してすぐに就職したので」

新聞配達しかバイト経験はないと答えると、桜庭さんは意外そうな顔で「そうなのか」と言って、取り分けた皿を俺の前に置いた。シェアするだけじゃなく、並べ方もとても綺麗《きれい》で、身体つきに似合わない繊細さが感じられる。

ありがとうございます…と礼を言い、フォークで食べ始めた俺に、桜庭さんは「確か…」と続けた。

「商品企画に地方から転職してきた奴がいるって聞いたが…」

「俺です。…伊豆《いず》の…六坂市ってところで…前にグリーンフィールズと一緒に梅ジュースを企画した町です」

「ああ。知ってる」

「俺は六坂市の広報課で働いてまして…あの企画を立ち上げた際に、社長の仲宗根さんと知り合って…転職しようと決めて、こっちに出てきたんです」

グリーンフィールズで働くことになった経緯を簡単に説明すると、桜庭さんは驚いたような顔になって目を見開いた。桜庭さんが何を思ったのかは簡単に想像がつく。これまで繰り返し、いろんな人に言われてきたことだ。

「安定した公務員の地位をどうして捨てたのか…と?」

「……問題でも?」

「いえいえ」

何かやらかしたのかと真面目に聞いてくる桜庭さんに違いますと首を振り、自分にとっては仲宗根さんという人がとにかく魅力的だったのだと話す。こんな人の会社で仕事ができたら、どんなに楽しいだろうと純粋に思った。グリーンフィールズが携わっている様々な仕事にも興味があって、転職を決めた。

仲宗根さんにカリスマ性があるというのは桜庭さんも納得らしく、ふうんと頬杖をついて頷いた。

「まあ、確かに、田舎の公務員には毒なほどに魅力的だろうな。あの人は」

「そ、そんなに田舎でも…。新幹線の駅も…一時間くらいで行けますし」

「こだましか停まらない？」

う。それを言われると辛《つら》いところで、思わず口ごもってしまう。代わりに、桜庭さんはどこの出身なんですか？　と聞いたら、とんでもない地名が返ってきた。

「港区」

「港区って…」

東京の？　と確認するまでもないような気がして、引きつり笑いと共にそうですかと返した。田舎だ都会だと言い合うレベルではない回答に何も言えなくなって、前菜の生ハムを食べた。柔らかで芳醇《ほうじゅん》な香りのする生ハムはとても美味しくて、思わず笑みが漏れる。

「美味しいですね。この生ハム」

「プロシュートだな。他のも食べたいなら、盛り合わせを頼むか？」

桜庭さんは前菜の盛り合わせを頼んでいたので、生ハムは一口分しかなかった。桜庭さんの勧めが嬉しくて、大きく頷いた俺を見て、店員を呼んで頼んでくれる。玉子のキッシュやイカやエビのオイル和えも、全部美味しい美味しいと食べる俺に、桜庭さんは怪訝そうな表情で尋ねる。

「ここはうまい方だとは思うが、このあたりは競争が激しいから、どこも似たり寄ったりのレベルだろう。帰りに食べに行ったりしないのか？」

「行きますよ。でも、どこで何を食べても美味しいんです」

しあわせです…とつけ加える俺に、桜庭さんは何か言いたげだったが、軽く肩を竦めてジンジャーエールを飲む。田舎育ちで、貧乏というほどでもないけど、裕福な暮らしではなかった俺と、サラブレッドな匂《にお》いがする桜庭さんじゃ、天と地ほども違うのだから、理解し合えないのは当然だ。

それでも、同じ会社に勤めているから、それなりに会話は弾む。打ち合わせの時は超怖かったけど、仕事と関係のない場の桜庭さんは話し上手の聞き上手で、予想外にリラックスして過ごせた。店に着くまで、ずっと沈黙だったらどうしようと怯《おび》えていたのが嘘のようで、パスタを食べ終える頃には桜庭さんと一緒にいるのを楽しいと感じていた。

デザートに出てきたプディングも美味しくて、泰史のことを思い出した。固めのプリンが好きな泰史はきっと好きに違いない。

「…これって…お持ち帰りできますか？」

「プリンをか？」

そんなに気に入ったのかと驚く桜庭さんに俺が食べるのではなくて、食べさせたい相手がいると説明する。本当は泰史を連れてくればいいんだけど、原稿で忙しいだろうし、何より引きこもりに近い出不精だ。

「プリンが好きで…こういう、固めのやつが特に好きなんです」

「……」

桜庭さんは少し怪訝そうな顔をした後、店員に持ち帰りしたいと頼んでくれた。特別に用意してくれた持ち帰り用のプリンができると、席を立ってレジへ向かう。そこで桜庭さんに割り勘よりも多めに払わせてもらうつもりだったのだが、すでに支払いは済んでいると告げられた。

「でも…」

戸惑い顔を見せる俺に「行くぞ」と声をかけ、桜庭さんは先に外へ出てしまう。その後を追いかけ、申し訳ないから払わせて欲しいと頼んだ。

「ビールだけじゃなくて、ワインまで飲んじゃいましたし…プリンも」

「誘ったのは俺の方だ。それより、自転車でも飲酒運転になるって知ってるか？」

「え……」

真面目な顔で桜庭さんが指摘してきたのは、知ってるけど、素知らぬ顔で無視しようとしていた事実だった。だって、運転に影響が出るほどは飲んでないし、自転車を置いていくわけにもいかない。

引きつった笑みを浮かべる俺を桜庭さんは眇めた目で見て、鍵を出すように言う。デイパックのポケットから出したそれを渡すと、桜庭さんは自転車を固定していたチェーンを解き、会社に置いといてやると言った。

「それ、持っていくんだろう」

続けて、桜庭さんは代官山の方を指さし、確認する。泰史のためのプリンなのだとわかっている様子なのに驚きつつも、頷いた。

「そうなんですけど…悪いですから、自分で自転車を会社に置いて…」

「お前はこのまま行った方が近いし、俺はついでだ」

気にするな…と短く言い、桜庭さんは「じゃあな」と言って自転車を引いて歩き始めた。

桜庭さんの言う通り、自転車を会社に置きに行ってから泰史のマンションに行くとすると二度手間になってしまう。申し訳ない気分は残っていたけれど、すでに歩き始めている桜庭さんの背中に、「ありがとうございます」と声をかけた。

桜庭さんは振り返らず、軽く手を上げる。早く行けと言われているようで、桜庭さんに頭を下げてから、代官山に向かって歩き始めた。


自転車置き場で声をかけられた時にはどうしようと困惑したけれど、結果として、桜庭さんと話せたのはとてもよかった。大分打ち解けられたと思うし、今度の打ち合わせはうまくこなせるに違いない。そんな自信も生まれて、ご機嫌で泰史のマンションまで歩いていった。

最上階の部屋に着き、合鍵で中へ入って居間を覗くと、泰史の姿はなかった。まだ仕事部屋にいるのだろうと思い、そちらのドアをノックしてから開ける。

「やっくん」

泰史は今朝《けさ》、出がけに見た時と同じ場所、同じ体勢で仕事を続けていた。たぶん、何も食べてないんだろうなと思いつつ、傍まで近づいて、もう一度声をかける。

「やっくん」

「っ……びっくりした…。あ、詠太。起きたの？」

「違うだろ。朝、声かけてから仕事に行ったじゃないか」

泰史の記憶は俺がソファで仮眠していたところで止まっていたようで、呆れつつ、もう夜の十一時近いのだと説明する。泰史はびっくりして、道理で疲れた感じがするはずだと言い、うーんと伸びをした。

「会社の人とご飯食べに行ったらさ。デザートのプリンが美味しくて、持ち帰りにしてもらったんだ。食べてみてよ」

「食う食う。腹減った」

「そりゃ、そうだよ。朝から座ったままで動いてないんだろ？」

いい加減にしないとエコノミー症候群とかで死ぬよ？　と忠告し、いったん仕事部屋を出て居間で食べようと促す。泰史がトイレに行ってる間に、居間のローテーブルにプリンが食べられるよう、スプーンと一緒に用意した。

「美味しそう〜。ありがとう、詠太」

「何か飲む？」

「お茶でいい」

リクエストを聞いて冷蔵庫を開けると、いつ開けたかわからないような飲みかけのペットボトルがたくさんある。全部捨てておくからねと言い、新しいものを開けてグラスと一緒に持っていった。

「美味しいよ。このプリン。激うま。どこの？」

「中目黒の…うちの会社から歩いて五分くらいのところにある店のやつ。プリンだけじゃなくて料理も美味しかったよ」

「そうなんだ。…これ、コンビニで売ってくれないかな」

やっぱり泰史は店に食べに行くっていうつもりはないみたいで、苦笑しつつ、プリンの他にも何か食べるかと聞いた。よほどお腹《なか》が空いていたと見え、持ち帰ってきたプリンがもうほぼなくなっている。

何かあれば作るし、希望があるなら買ってくると言ったのだけど、泰史はプリンでいいと言う。

「昨夜、コンビニで買ってきたプリン、食べてないだろ。詠太が買ってきてくれたやつも」

「本当にプリンだけで大丈夫？」

「プリンは栄養食だよ？　卵に砂糖に牛乳なんだから」

確かにそうだけど…。あまり賛成はできないなあと思いつつも、無理強いして仕事中の泰史の調子を崩すのもまずい。もう一度キッチンに行き、冷蔵庫から他のプリンも持ってきて、テーブルに並べると、泰史は嬉しそうに選び始めた。

昨夜、一緒に買いに行ったプリンを食べようとする泰史に「そうだ」と言って、重大な事実がわかったのを報告する。

「昨夜の…スーツの人の方、覚えてる？」

「ああ。詠太をじっと見てた…キス魔じゃない方の？」

「そうそう。あの人さ、うちの会社の人だったんだよ。桜庭さんっていうんだ」

俺がそう言うのを聞き、泰史は「マジで？」と驚いた後、なるほどと納得した。

「だから、詠太をじろじろ見てたのか～」

「営業の人で…俺は名前くらいしか知らなかったんだけどさ。今日たまたま、その人が今度やる仕事の担当だってわかって…驚いたよ」

「大丈夫？」

怪訝そうに眉を顰める泰史が何を心配しているのかは想像がついた。スーツの人…つまり桜庭さんにキスしてた酔っ払いに、俺はキスされた上に写真を撮られて脅されたのだ。そんな相手が同じ会社だと知り、泰史が心配するのも無理はない。

でも、桜庭さんは酔っ払った友人を連れ帰ろうとしていただけで、誤解なのだと言っていた。俺もその説明には納得で、泰史にも同じように告げる。

「それがさ、やっぱりあの人酔っ払ってたみたいで…そういう関係じゃないって言ってたよ」

「そうなの？　でも、あの人は確実にゲイだったよ。言葉遣いもオネエっぽかったし」

「でも、桜庭さんは違うって」

全然そんな感じじゃないと首を振って俺が言うのを聞き、泰史は「ふうん」と興味なさげな相槌を打つ。信じてないような雰囲気もあり、俺は訝しく思って理由を聞いた。

「違うと思うわけ？」

「だって。類は友を呼ぶって言うじゃないか」

「でも…だったら…」

泰史と一緒にいる俺だって、そういうふうに見られてるんじゃないか？　そう続けようとして、不適切だと思い、やめた。泰史のポリシーを貶《けな》すような発言は避けるべきだ。けど、泰史は俺が言おうとしたことがすぐにわかったようで、肩を竦めて指摘する。

「俺は女装マニアだけど、ゲイじゃないからね。服装と性癖では大きく違うよ」

「そうかなあ」

「違うって。それに、俺はリアル恋愛が絶対無理だからね。誰かに直接触られるとか、絶対厭だもん。妄想だけで十分」

「……」

酔っ払って、誰にでもキスするってのも厄介だろうけど、泰史みたいなのもどうなのかな。極端すぎるような気がして小さく溜め息をつく。プリンしか食べないっていうのもね。極端だよ。


お腹いっぱいプリンを食べた泰史は仕事に戻り、俺は再び鍵をかけて泰史の部屋を後にした。昨夜は仮眠程度しか寝てないから早めに帰ろうと思っていたのに、結局、日付が変わってしまっている。ここからうちまでは徒歩だと結構かかる。贅沢《ぜいたく》だけど、タクシーを拾おうかなと考えつつ、一階に着いたエレヴェーターから降りた。

そのエレヴェーターホールは桜庭さんがキスをされ、さらに俺がキスされた場所でもある。複雑な思いで通り過ぎ、エントランスへ向かった俺は、外に出ようとしたところで人とぶつかりそうになって「すみません」と詫びた。

さっと脇に避けて通り過ぎようとしたものの、ふと、嗅《か》いだ覚えのあるコロンの匂いがして顔を上げる。すると、俺を見ていた相手と目が合った。

「…！」

記憶に新しい香りだったのも当然だ。ぶつかりそうになったのは昨夜のキスの人で、思わぬ偶然に慌てて後ずさって、距離を取る。二度と、あんなことはごめんだ。壁に背をつけて身構える俺を見て、桜庭さんの友人だという彼は形のよい目を眇めた。

「…誰かと思えば…。あんた、ここに住んでるの？」

「ち、違います…！」

ぶんぶんと首を横に振り、泰史が言葉遣いがオネエっぽかったと話していたのを思い出す。昨夜はいろいろ衝撃的すぎて、そんなところまで意識が回らなかったけど、確かにそうだ。それに…妙に小綺麗で、どことなく派手で、ぴちぴちなファッションがその事実を裏づけているようにも思える。

いやいや、桜庭さんや俺に、むやみにキスすること自体、そうじゃないか。関《かか》わらないに限ると思い、引きつり笑いを浮かべて「失礼します」と逃げ出そうとした俺の腕を、彼はぐいと摑んだ。

「っ…な、なんですか？」

「ちょっと、聞きたいんだけど」

彼は細いのに上背があるせいか、力が強かった。腕を振り払おうとしても敵《かな》わず、恐ろしく思いながら「なんですか？」と尋ねる。何を聞かれるのか、想像もつかなかったが、俺と彼の接点といえば一つしかなかった。

「あんた、コズとどういう関係？」

「コズ…？」

コズって誰だ？　不思議に思って繰り返しながら、記憶を探る。どっかで聞いた覚えが…。それが昨夜、桜庭さんに対して彼が呼びかけていた名前だと思い出すのと同時くらいに、「梢《こずえ》よ」とつけ加えるのが聞こえる。

「桜庭梢」

「あ…ああ、桜庭さん、梢って名前なんですね！」

「桜庭さん…？　やっぱり、知り合いなわけ？」

「いや…知り合いっていうか…」

今日、同じ会社の人だとわかったばかりだと、言ってもいいのか迷って口ごもる俺に、彼はポケットから出したスマホを見せる。それだけで彼が何を言いたいのかがわかって、慌てて説明した。

「お、同じ会社なんです…！　俺は…昨夜の時点では気づいてなくて…、今日、知ったばかりなんですけど…」

「…コズと話したの？」

「話したっていうか…同じ仕事をやることになったので…」

恐る恐る説明しながら、彼がこうやって俺に聞くってことは、桜庭さんは彼に何も言わなかったのだと考えていた。だとしたら…。同じ会社なのだと話してしまったのはまずかっただろうか。今さらながらに青くなる俺の腕を放し、彼は「へええ」と呟きながらじろじろと見てくる。

頭の先からつま先まで。値踏みするように見た後、彼はふんと鼻息を吐いて、腕組みをして俺を見下ろした。背の高い彼は細いせいもあって、キリンを相手にしているみたいだ。

「ちょっと健三郎《けんざぶろう》に似た顔してるからって、いい気になるんじゃないわよ」

「え…？」

「コズに近づくんじゃないわよ？　いいわね」

声を低めて言い、彼は俺の前でスマホを操作する。出てきたのは例のキス写真で、俺は慌てて「わかりました！」と返事をした。何がわかったのか、自分自身、よくわかっていなかったが、写真をばらまかれるわけにはいかない。真実ではないとしても誤解を生むのに十分な証拠写真だ。

しかし、近づくなと言われても、桜庭さんとは一緒に仕事をしなくてはいけない。

「…でも…仕事の担当を替わるわけにはいかないんですが…」

「それは仕方ないけど、プライヴェートで誘われても断れって言ってんの」

「……」

「もう誘われたの？」

さっきまで桜庭さんと一緒だったと言えば、彼が怒り狂うような気がして、首を横に振る。違いますと微妙な嘘をつき、再度、「わかりました」と了承した。今日、桜庭さんが俺を誘ったのはこの人との関係を説明したかったからだろうし、今後は二人きりで会うことはないだろうから、大丈夫だ。

ただ、彼からライバル視される覚えはないので、その辺を言っておきたいなと俺が口を開きかけた時、彼が手にしていたスマホが鳴った。メールを見て、彼は「行かなきゃ」と呟く。

「絶対に、コズに近づくんじゃないわよ！」

マンションへ戻ってきたところだったようなのに、用事ができたらしい彼は、俺に念を押しながら再び出掛けていった。一体、なんなんだ。頭の中が整理しきれなくて、しばらくの間、俺は呆然とその場に立ちつくしていた。

タクシーを拾って学芸大学駅近くのアパートに帰り、部屋に入ると、思わず溜め息が漏れた。ビールやワインの酔いなどはとうに吹き飛んでしまっていて、とにかく風呂に入ろうと思い、狭いユニットバスに湯を溜めた。

「ふう…」

頭の中からはずっと桜庭さんの友人だという、あの人の顔が抜けなかった。彼が言っていたことがいろいろと気にかかっていたせいもある。桜庭さんは彼とそういう関係じゃないと断言していたけれど、少なくとも彼の方はそう考えていないような気がする。

つまり…桜庭さんは彼に迫られているのではないだろうか。そう考えるとすっきりするのだが、もう一つ気になるのは…。

「健三郎って…誰だ？」

彼は俺を「健三郎に似てる」と言い、いい気になるなとも言った。あれは…どういう意味なのだろう。桜庭さんに迫っているらしき彼が俺を牽制《けんせい》していたことからも、桜庭さんが俺に気があるような意味にも捉えられる…。

「……」

まさか…と思いながら、泰史が類は友を呼ぶと言っていたのを思い出した。確かに…、桜庭さんは彼とそういう関係ではないと言ったけれど、自分がゲイではないとは言わなかった。ということは…。

「まさか……」

桜庭さんも…？　そんな感じには見えないけど、人は見かけによらないものだし、俺の目は人間観察に長《た》けているとは言い難い。そうなのかなと考えつつバスタブの栓を抜き、シャワーで髪や身体を洗ってから風呂を出た。

もう遅い時間だったけど、少しだけ仕事をしてから、二時過ぎにベッドに入った。泰史の家のソファは大きくてゆったりしているけど、やっぱりベッドには敵わない。疲れていたのもあって、熟睡して目を覚ますと、家を出なきゃいけないぎりぎりの時間だった。

慌てて着替え、支度をして玄関へ向かった俺は、いつも下駄箱の上に置く自転車の鍵がないのに気がついた。

「…あ…！」

すっかり忘れていたが、昨夜は桜庭さんとご飯を食べに行って、自転車でも飲酒運転はいけないと窘《たしな》められたのだった。自転車は桜庭さんが会社の駐輪場に置いてくれると言っていた…。

「しまった…。自転車ないんだった…」

歩いていかなきゃいけないから、もっと早くに起きるべきだったと後悔しても遅い。これはタクシーを拾うしかないなと、青くなって部屋を出る。玄関の鍵をかけようとした時、ドアに何かが貼《は》られているのに気がついた。

「……?」

ドアスコープの下あたりに白っぽい封筒がテープで貼ってある。昨夜帰ってきた時にはなかったはずで、訝しく思いながらテープを剝《は》がした。封筒の中に何かが入っている。恐る恐る中を見てみると…。

「…あっ…」

たちの悪い悪戯《いたずら》だったら厭だなと思っていたのだが、封筒には見覚えのあるものが入っていた。逆さにして出てきたのは俺の自転車の鍵で、なんで？　と首を傾げる。これは昨夜、桜庭さんが会社に停めに行ってくれた自転車についていたはずのもので、今日、お礼を言いがてら、もらいに行こうと思っていた。

それがここにあるってことは…と考えて、もしやと思い、アパートの駐輪場に向かった。すると、いつの間にか俺の自転車が停められており、二重に驚く。

「な、なんで…?　…いや、取り敢えず、会社行こう…!」

いろいろ驚きや疑問があるけれど、自転車があるのだから、これで行ける。遅刻しないためにも迷わず自転車に乗って走り始めた俺は、会社に向かう間に、桜庭さんがうちまで置きに来てくれたに違いないという結論に達していた。

自転車が独りでに戻ってくるはずもない。アパートに帰ってきた時にはなかったはずだから、その後、置きに来てくれたのか。川満さんとか…会社の人に俺の住所を聞いたのかな。朝、不便だからと思って？

昨夜、ご飯を食べに行った先でも、桜庭さんの気遣いは細やかでさすがと思うようなものだった。厳しくて怖い人だけど、面倒見のいい人なんだなと感心しているうちに会社に着く。

駐輪場に自転車を停め、二階に上がる前に桜庭さんにお礼に行こうと思い、一階へ向かいかけた時、「美馬」と呼ぶ声がした。

「桜庭さん！　おはようございます」

ちょうど出勤してきたところらしい桜庭さんが手を上げて近づいてくるのを待ち、昨夜の礼を言った。ごちそうさまでした…と頭を下げてから、自転車の件を確認する。

「あの…桜庭さん、自転車をうちまで置きに来てくれたんですよね？」

「ああ…。いや、あの後、考えてみたら、通勤に使ってるんだから、朝が不便だろうと思って」

「助かりました。いつもの時間に起きちゃって…タクシーを捕まえるしかないなと思ってたので」

ありがとうございます…と言いながら、うちの場所がどうしてわかったのか聞こうとした時だ。桜庭さんのスマホが鳴り始め、彼は「すまん」と詫びて電話に出た。仕事の用件みたいで、邪魔してもいけないので、俺はジェスチャーで失礼しますと合図して二階へ向かう。

階段を上がる途中、下を窺い見ると、一階のオフィスへ向かおうとする桜庭さんの背中が見えた。今度会った時に、また改めて聞いてみよう。桜庭さんとはこれから頻繁に会う機会があるだろうからと思いつつ、二階のオフィスに入ってすぐ、「詠太」と呼ぶ古賀さんの声が聞こえた。

「おはようござ…」

何気なく挨拶しかけた俺は、前方から近づいてくる古賀さんの表情が厳しいのに気づいて途中で口を閉じる。何かあったんですか？　と聞こうとした俺に、古賀さんは目だけでついてくるように指示し、足早に休憩室へ向かった。その後に続いて、個室になっている休憩室に入ると、古賀さんが小さく溜め息をついてから言った。

「川満さんが私たちに話があるって言ってるんだけど…」

「打ち合わせとかじゃなくて？」

「うん。なんか…まずい感じなのよ」

古賀さんが不安げな声を出すのは珍しく、自分の表情がつられて厳しくなるのを感じる。まずい感じって…。深刻なトラブルが起きるような状況ではなかったはず…と、現在関わっている仕事内容を思い返しながら、川満さんの話というのを推測する。

「今、一番トラブりそうなのは能登の件だけですよね。他は取り敢えず順調で…川満さんが気にかけてた木曽だって、試作品も出来上がってきたじゃないですか」

「だから、プロジェクトには関係のないトラブルじゃないかなって。…昨日、川満さん、社長とご飯食べに行ってたじゃない？」

「…ええ。…そうでしたね…」

俺が桜庭さんから厳しい追及を受けている時、川満さんは仲宗根さんと食事に行くからと古賀さんに伝言を頼んでいた。あの時の川満さんはいつも通り飄々《ひょうひょう》としていて、桜庭さんに堂々と開き直る態度に憧れたりしたんだけど…。

「川満さんは？」

「私が着いたら、もう来てたの。難しい顔で考え込んでる」

休憩室のドアは一部がガラス張りになっていて、オフィスの様子が窺える。俺たちの机の方を見れば、川満さんが座っていて、腕組みをして考え込んでいる姿は、遠目にも深刻そうな雰囲気が感じられる。

「……取り敢えず、話を聞きましょうか」

「聞かなきゃ、始まらないものね」

肩を竦めて言う古賀さんに、俺は神妙な顔で頷き、休憩室のドアを開けて外に出る。なんともいえない不安を抑えながら机に向かい、おはようございます…と声をかけると、川満さんは俯かせていた顔を上げて、「おう」と返事した。

「詠太、ちょっと話があるんだ。古賀ちゃんも一緒に…」

外へ出ないかと続けて、川満さんは席を立つ。先に出ていく背中を見て、俺と古賀さんは顔を見合わせた。社内ではできない話なのかと考えると、ますます怪しい感じになってくる。川満さんが話そうとしている中身を想像できないまま、俺は着いたばかりの社を出た。

会社近くのカフェに入ると、川満さんは空席で囲まれた奥の席を選んで座った。俺たちも腰を下ろし、注文を取りに来た店員にコーヒーを頼む。店員が下がっていくと、川満さんは神妙な顔で見ている俺と古賀さんに「よくない知らせだ」と切り出した。

のっけから「よくない」と言うのだから、相当だ。川満さんの下で働き始めて一年余り。いつだって暢気そうな態度を崩さず、どんなトラブルも前向きに乗りきってきた川満さんが話し始めたのは、確かに「よくない」話だった。

「仲宗根さんから、今回のプロジェクトをペンディングにして欲しいという話が来た」

古賀さんが気にしていた通り、仲宗根さんが絡んだ話だったのがわかり、思わず息を呑む。どうしてですか？　と眉を顰めた古賀さんが鋭い声で理由を聞く。

「確かに、現段階で不透明な部分はありますが、いつものことです。乗り切れないとは思えません」

「内容的な問題じゃなく…経営面での問題なんだ」

「資金繰りが…うまくいってないんですか？」

潜《ひそ》めた声で聞く古賀さんに、川満さんは重々しく頷く。その表情はずっと厳しくて、こんな顔をしている川満さんを見るのは初めてだった。それくらい、やばいんだ。そう思うと、脚の上で握りしめた拳《こぶし》に力が入る。

「しばらく新規プロジェクトは立ち上げず、従来の商品に注力していきたいってことだ」

「うちだけじゃなく、他のプロジェクトも止まるってことですか？」

「そうなるな。今日中に各所に話をすると言ってたから…そのうち、他からも聞くことになると思う」

「しばらくって…どのくらいなんでしょう。新しい商品を提供しないとなると、自然に売り上げも落ちていくと思われますけど…」

「わからない。仲宗根さんは努力するとは言ってたが…」

今のところ、見通しは立ってないようだ…と川満さんが低い声で言った時、注文していたコーヒーが運ばれてきた。いったん、話は中断し、それぞれが無言でコーヒーに口をつける。昨日、駅から会社まで車に乗せてくれた仲宗根さんはいつも通りで…相変わらず格好いい人だなあと思ったのに。実はこんな深刻な問題を抱えていたなんて。

下っ端の俺には打開策なんて想像もつかなくて、川満さんたち以上に途方に暮れるしかなかった。ただ、どういう現実に直面するのかだけはわかって…。

「…だったら…発注もストップかけなきゃいけないってことですか？　伊藤さん、作成は順調だって話してましたよね…？」

昨日、俺は川満さんと一緒に三浦在住の陶芸家である伊藤さんのもとを訪れ、依頼している茶碗の制作状況を確認してきた。よろしくお願いしますと頼んできたばかりなのに…と、眉を顰めて言う俺に、川満さんは「ああ」と溜め息交じりに返事した。

「伊藤さんだけじゃなくて…九月に間に合うよう、制作をお願いしている他のところも全部だ」

「……信用も評判も落ちますよ？　二度と、引き受けてもらえない可能性もあります。通いつめて…ようやくＯＫをもらったところだってあるのに…」

苦々しげな表情で言う古賀さんに、川満さんは「わかってる」と頷いた。すべての発注先に自分が行って謝ってくると言う顔は真剣で、痛々しいほどだった。その上、川満さんは俺と古賀さんにも「すまない」と言って頭を下げた。

「俺の力不足で…迷惑をかける」

「そんな…川満さんのせいじゃありません」

「そうですよ。これぱっかは…現場の俺たちにはどうにもならない話ですから」

とにかく早急に行動を開始し、迷惑をかける先々に詫びて回らなきゃいけない。そんな重い結論がまとまり、それぞれが無言でコーヒーを飲み干して会社に戻った。

その日のうちに、新しいプロジェクトを企画し進めていた他の同僚たちにも話が行きわたり、商品企画部内には重い空気が立ち込めた。既存の商品を販売しているだけなら、商品企画部のあらかたは必要ないことになる。つまり、リストラが行われるのではないかという噂《うわさ》も流れ、誰もが難しい表情になっていた。

リストラなんてことになったら、真っ先に首を切られそうだという自覚のあった俺も、途方に暮れていた。仲宗根さんに憧れ、思いきって転職したのはやっぱり間違いだったのかな…なんて考えも生まれ、つい溜め息が漏れてしまう。

「何よ、詠太。溜め息なんてつかないでよ。伝染《うつ》るじゃない」

「欠伸じゃないんですから」

「あーあ。参ったわね。…よし、飲みに行こう、飲みに」

夜の九時過ぎ。古賀さんに誘われ、二人で会社近くの居酒屋に向かった。本当は川満さんも誘いたかったんだけど、すでに地方の取引先へのお詫び行脚《あんぎゃ》に出掛けてしまっていた。賑《にぎ》わう店の片隅で、古賀さんと向かい合って座り、二人でビールを頼む。

ビールがやってきても乾杯するような気分にはなれず、お互いが難しい顔つきで口をつけた。

「これからどうなっちゃうんでしょうね…」

「暗い顔しない。不幸を呼ぶわよ」

ふんと鼻息を吐いて俺を注意した古賀さんは、テーブルの上に置いていたスマホをおもむろに取り、電話をかけ始めた。誰にかけているのか、不思議に思って見ていると、驚くような名前が古賀さんの口から飛び出す。

「…あ、桜庭？　古賀です。社にいる？」

「…！」

桜庭って…もしかして、あの桜庭さん？　古賀さんがどうして桜庭さんに電話をかけたのか、その理由が想像できなくて、俺は身を乗り出すようにして古賀さんを見つめる。古賀さんは俺の圧が鬱陶《うっとう》しいというように眉を顰めつつ、桜庭さんに店まで来ないかと誘った。

「……今、如月《きさらぎ》に…交差点の向かいの居酒屋の…いるんだけど…ちょっと来ない？　…うん。……わかった。待ってる」

待ってる…ってことは、桜庭さんは古賀さんの誘いに乗ったのだろうか。通話を切ってスマホを置いた古賀さんに、「桜庭さんって営業の？」と確認すると、煙草《たばこ》を取り出して頷いた。

「あいつ、社長と仲いいし、情報通だから、何か知ってるんじゃないかと思って」

「はあ…。確かに」

仲宗根さんと親しげに話しているのは俺も目撃している。古賀さんは今回の騒動について桜庭さんから情報を仕入れようという魂胆らしかった。けど、俺は実際見ているから納得なんだけど、桜庭さんと仲宗根さんの仲がいいというのは有名なのかな。不思議に思って聞くと、古賀さんは頷いて、意外な話を漏らす。

「歳《とし》は違うけど、友達だったみたいで、それで桜庭はうちに来たのよ。でなきゃ、いくらクビになったとはいえ、何千億っていうプラント事業の営業してたような男が、うちに来ないでしょう」

「クビ…？」

どういう意味だ？　驚いた顔で繰り返す俺を見た古賀さんは、しまったというように顔を顰《しか》めて、煙草を持ったままの手を横に振った。

「なんでもない。今の、忘れて」

慌てて頼む古賀さんは、自分の失言を反省しているようで、ごまかすみたいにメニュウを開く。聞かない方がいいのだろうと判断し、古賀さんにつき合って、メニュウを選んでいたが、頭の中では桜庭さんに関する情報が渦を巻いていた。

つまり…、桜庭さんは前の会社をクビになって、友達だった仲宗根さんが経営するうちの会社に来たのだ。昨日、桜庭さんが転職前、どこに勤めていたのか聞いた時、古賀さんがはぐらかした感じだったのは、このせいか。

桜庭さんに関する謎《なぞ》は増えていく一方だなと思いながらビールを飲んでいると、間もなくして本人が姿を現した。店の入り口から入ってくる姿を見つけた古賀さんが、「こっち」と声をかける。

「突然、ごめん。忙しかった？」

「いえ…。川満さんも一緒かと思ったんですが…」

「早速、お詫び行脚に出ちゃったのよ。島根《しまね》まで行って…他にも寄ってくるって言ってたから、二、三日はかかると思う」

古賀さんの話を聞きながら、桜庭さんは俺と古賀さんの間の席に腰を下ろした。お疲れ様です…と頭を下げる俺に、桜庭さんは軽く頷いた程度で、特別なやりとりはなかった。昨夜、飲みに行ったことで大分打ち解けた感はあるんだけど、素っ気ない感じはわざとな気がして、俺も桜庭さんに合わせようと思った。

店員が注文を取りに来ると、桜庭さんのウーロン茶と、他にもいくつかの料理を頼んだ。店員が下がっていくのを待って、桜庭さんは自ら仲宗根さんについての話を切り出した。

「昨日、会社に来てて、俺も話をしたんですが、その時は何も言ってなかったんです。たぶん、一番最初に川満さんに話したんじゃないでしょうか」

「川満さんは社長にとって、グリーンフィールズ立ち上げ当初からの相棒だからね。その後は？　社長と連絡取ってないの？」

「話を聞いて電話はしたんですが、繋がりませんでした。それで…他の筋に話を聞いてみたら…」

桜庭さんはそこでいったん、言葉を切って、俺と古賀さんを窺うように見る。古賀さんが眉を顰めて続きを促すと、桜庭さんは他言無用にしてくれるかと確認する。厳しい内容であるのが想像できて、古賀さんも俺も神妙な顔つきで頷いた。

「…どうも…仲宗根さんはグリーンフィールズを売ろうとしているらしいんです」

「売るって…会社そのものを？」

「会社全体を売るっていうより、これまでのヒット商品の販売ルートや、社名についたブランド力といった、利益になる部門だけだと思いますが」

「そんな……。じゃ、会社そのものが立ちゆかなくなるじゃない」

「そうなりますね」

厳しい表情で言う古賀さんは、さらりと返した桜庭さんをぎろりと睨みつける。古賀さんは仕事ができる分だけ迫力のある人だから、俺なんかは一睨みで竦み上がってしまうのだけど、桜庭さんは平然と肩を竦めた。

「仲宗根さん本人には確かめてませんが、火のないところに煙は立たないって言いますから。ここまで具体的な話が出てきている以上、なんらかの動きがあるのは間違いないと思います」

「けど、そこまでしなきゃいけないほど、うちの経営状況が悪かったってのは初耳だわ。企画の方から見ると、既存分野の売り上げは堅調だったし、新規プロジェクトだって見込みのあるものばかりだった。大きく事業拡張して赤字続き…っていうようなことでもあったならわかるんだけど…」

「……。その辺もいろいろあるみたいです。今、調べてますから」

何かわかったら教えると言い、桜庭さんは正確な情報かどうかはまだわからないので、他に漏らさないようにと重ねて頼む。古賀さんと俺は揃って頷いたものの、桜庭さんも含めた全員にとって重い話だ。自然と溜め息がこぼれる。

「はあ。困ったなあ。それじゃ、取引先にしばらく待ってもらうように頼むレベルの話じゃないのね。会社がなくなることを前提に、今後を考えた方がいいってことか」

「川満さんは特に何か言ってませんでしたか？」

「プロジェクトがペンディングになるっていうことしか…」

首を横に振る古賀さんを見て、桜庭さんは小さく鼻先から息を吐いて箸を取る。いつの間にか運ばれてきていたのに、誰も手をつけていなかった唐揚げを桜庭さんがもぐもぐ食べ始めるのを見て、古賀さんは眉を顰めた。

「暢気ねえ。こんな時によく食べられるわね」

「じゃ、どうして頼んだんですか？」

「取り敢えず、よ。で、あんたの見解としてはどうなのよ？　仲宗根さんが会社を売るとして、社員もよそに全部移れると思う？」

「難しいでしょうね」

これまたあっさり言う桜庭さんを、古賀さんは睨むだけじゃなくて、手を振り上げて叩く真似をした。桜庭さんは軽く肩を竦めて、顰めっ面の古賀さんに、事実を言ってるだけだと開き直る。

「俺としてはグリーンフィールズで真に価値があるのは商品企画部だと思っていますが、対外的な取引価値っていうのはこれまでの実績で判断されますから。既存の売れ筋商品やブランド力だけを求めるのであれば、人間はいりません。人件費っていうのは何より嵩《かさ》むものです」

「じゃ、私たちはクビになるってこと？」

「クビというか…解散という形を取るのでは？」

桜庭さんが話す内容はまったく希望のないものだったが、とても現実味があった。時期はいつかわからないけど、近い将来、そんな日が来るのは俺でも想像できる。だって、新規のプロジェクトをすべてストップするのであれば、商品企画部自体が必要ないってことだ。

仲宗根さんを見て、俺も夢のある仕事がしたいと思って、転職を決めたけれど。新たに転職先を探さなきゃいけないのか。途方に暮れた気分は顔に出ていたようで、それに気づいた桜庭さんが小声で聞いてくる。

「…大丈夫か？」

「え……あ、はい。だ…大丈夫です…」

「詠太が途方に暮れるのも無理はないわよ。公務員っていう安定職をなげうってまでうちに来るなんてバカな子って思ったけど、本物のバカな子になっちゃったんだもの。可哀相《かわいそう》なバカな子よねえ」

「バカな子……」

古賀さんの暴言には慣れてるけど、今、指摘されるのは辛いなあ。とほほな気分で項垂《うなだ》れる俺に、古賀さんは「飲みなよ！」と空元気で勧めてくる。

「今の私たちにできることなんてないんだから。取り敢えず、飲むしかないわよ」

「そうですかねえ」

首を傾げる俺を無視し、古賀さんはグラスのビールを飲み干して、店員を呼びつける。ビールの追加を俺の分まで頼む古賀さんは誰にも止められない感じだった。

「どうせ明日から仕事ないんだから。飲もう。飲んじゃおう！」

確かに俺たちの仕事といえば、謝罪と後始末だけだ。やけ酒に走るのも頷けないではないが、建設的ではないような…。それに、飲めない桜庭さんが気の毒なような…。

「……大丈夫ですか？」

今度は俺の方が桜庭さんを心配して小声で尋ねると、呆れ顔で肩を竦める。仕方ないだろう…と顔に書いてあるのに納得し、新たに運ばれてきたビールのために、飲みかけのグラスを空にした。

古賀さんは底なしのうわばみってやつだけど、俺はそうでもない。無理矢理つき合わされてビールだの焼酎《しょうちゅう》だのを飲んでいたらすっかり酔ってしまい、二軒目に行こうという誘いを断った。

「いいじゃん。明日も仕事ないんだし」

「これ以上飲んだら吐きます」

「情けないなあ。じゃ、一人で行こうっと。桜庭、何かわかったら、連絡して！」

お疲れ！　と大きく手を上げて挨拶し、去っていく古賀さんを桜庭さんと並んで見送った。一人で大丈夫かなあと心配になるけど、俺もかなり酔ってる。それに、俺みたいなひよっこが古賀さんの心配をしても、百年早いと返されるのがオチだ。

男気ある背中が見えなくなると、俺は隣に立つ桜庭さんに長々とつき合わせてしまったのを詫びた。

「すみませんでした。桜庭さん、飲めないのに…つき合わせてしまって」

「美馬が謝る必要はないだろう。自転車は？」

「会社に置いてあるので…今日は引いて帰ります。お疲れ様でした」

自転車がないと、朝に大慌てすると身をもって知ったばかりだ。今日は自分で引いて帰ると告げ、桜庭さんに頭を下げて、会社に向かって歩き始めた。歩いていると、自然とふらついてしまい、自分が酔っているのがわかる。

「あー…飲みすぎた…」

明日は二日酔いかなあと思いつつ、ふらふらと会社まで戻り、駐輪場に停めてある自転車の鍵を外そうとした。だが、いつもはデイパックのポケットに入っているはずの鍵がない。

あれ？　と思い、デイパックを肩から下ろしてポケットを確認する。

「…おかしいな…」

いつもここに入れるのに。別の場所に間違えて入れたのかと思い、他のところも探すけど、鍵はどこにもなかった。鍵がなきゃ、自転車を引いて帰ることもできない。困ってしまい、その場に座り込んでデイパックをひっくり返して中身を全部出して確認する。

それでも鍵は出てこなくて、頭を抱えた。今朝は…起きたのがぎりぎりで、急いでたから…会社に着いた時にも焦っていたのかも。手に持ったまま、会社に入った？　でも、机には鍵はなかったはず…。

順番に思い出して鍵の在処を考えているうちに、酔っ払っていた俺はいつしか睡魔に襲われていた。デイパックの中身を地面に全部出したまま、座り込んで船を漕ぎ始めた時、「美馬⁉」という声が聞こえて、はっとする。

「どうしたんだ？」

「……あ……桜庭さん……」

わずかな間だと思うけど、眠ってしまっていた俺は、自分がどういう状況にあるのかすっかり忘れていた。どうして桜庭さんが？　不思議に思って見上げる俺以上に、桜庭さんは怪訝な顔で俺の方を見ている。

「こんなところで何を？」

「これは……。…ああ、そうです。鍵が見つからなくて……それで…」

「鍵って…自転車のか？」

俺が頷くと、桜庭さんは眉を顰めてその場に屈《かが》む。座り込んだ俺の前に広げられている荷物の中からキーホルダーのついた自転車の鍵を取り上げ、「これじゃないのか？」と聞いた。

「あっ…それです！　…おかしいな……。さっきはなかったのに…」

「……。酔ってるんだろう」

「すみません…」

呆れている桜庭さんに申し訳ない気分で詫び、デイパックから出した荷物を元に戻す。それも覚束《おぼつか》ない手つきの俺に代わり、桜庭さんがほとんどをしまってくれた。それから見つけた鍵で自転車のロックを解除し、「歩けるか？」と聞いてくる。

「はい。ありがとうございます…。すみません…」

「自転車は俺が引いて行くから。荷物を貸せ」

俺が手にしていたデイパックを取り上げると、桜庭さんは自分の肩にかけて、自転車を引いて歩き始める。桜庭さんは家まで送ってくれるつもりらしいと気づき、慌てて遠慮した。

「桜庭さん、大丈夫ですから…。すみません」

「大丈夫なようには見えない」

「でも…」

「一人で帰して何かあった時に後悔するのはごめんだ」

桜庭さんの言い方は温かいものじゃなかったけど、冷たくは感じなかった。「すみません」ともう一度詫びて、後をついていく。振り返って俺がいるのを確認した桜庭さんは、「歩けそうか？」と聞いた。

「はい。本当に…すみません。昨日も…迷惑をかけたのに…」

「別に迷惑とは思ってない」

「…桜庭さん…会社に用があって…戻ってきたんじゃ…」

「……。明日でいい。急ぎの用じゃないんだ」

気にするなと言い、桜庭さんは歩みを緩めて、俺の隣に並んだ。歩調を合わせてゆっくり歩いてくれる桜庭さんはやっぱり本当は優しい人なんだなあ…と思った時、はっと昨夜のことを思い出した。

そうだ…。あの彼に桜庭さんに近づくなと釘《くぎ》を刺されたんだった…。でも、今日は俺が誘ったわけじゃないし、自ら近づいてるつもりもない。でも、もしも見られたりしたら誤解されるのは間違いない。

思わず、あたりをきょろきょろ見回してしまった俺を、桜庭さんは不審に思ったらしく、「どうした?」と聞いてくる。

「あ…いえ……。…その……」

昨夜、彼に会って忠告されたことを話すべきだろうか? でも、そうなると…微妙な問題も出てくる。桜庭さんも彼と同類なのではないかという…疑惑を抱いたのを思い出したら、つい、じっと見つめてしまっていた。

「なんだ?」

「いや……あ…の……、…さ、桜庭さんはどうするのかなって」

「何が?」

「も…もしも、会社がなくなってしまったら…」

彼の話題を出せば微妙な問題にも触れなくてはいけないかもしれないと思うと、言えなくなった。代わりに、お互いが直面している問題について挙げると、桜庭さんは「ああ」と低い声で呟いた。

「他の会社を探すしかないだろうな。…美馬は…帰るのか？」

「……」

帰るのか？　…と聞かれた瞬間、生まれ育った町の風景が頭に浮かんだ。六坂はいいところで、知り合いもいっぱいいる。それでも帰るという気は起きなくて、小さく首を横に振る。

「こっちで仕事を探そうと思います」

「……。そうか」

続けて、桜庭さんは後悔してないか？　と聞いた。古賀さんにバカな子と繰り返し言われたのを思い出し、苦笑しながら、再度首を振った。

「してないです。…俺、ずっと夢とかなくて……あの時、社長みたいに…仲宗根さんみたいに、なりたいと思ったのが、初めての夢だったんですよね」

「…仲宗根さん…か」

「あんなふうになれるわけがないとはわかっていたんですが、楽しみを仕事にすることならできるんじゃないかって…思ったんです。実際、グリーンフィールズで川満さんや古賀さんたちと働くのは楽しくて…夢が叶《かな》ったように思えていました」

でも、夢は所詮夢《しょせん》…ってやつだったのかな。いつかは川満さんみたいに皆を引っ張って企画が立てられるようになりたいと思って頑張ってきたけど、頑張れる場そのものを失おうとしている。

できれば、次もグリーンフィールズと同じような会社で働きたいのだが…。特にキャリアもない俺に、そんな働き口がそうそう見つかるとは思えなくて溜め息が漏れる。

「…桜庭さんは…」

次も営業職なんですか？　と聞こうとして、古賀さんの話を思い出した。桜庭さんは前の会社をクビになったと言っていた。理由は聞けなかったが、有能な桜庭さんがクビになるのにはそれなりの重い理由がある気がして、先が続けられなくなる。

「…なんだ？」

「……あ……。どこに住んでるのかな…って」

慌てて話題から外れた質問をした俺を、桜庭さんは少し不審げに見て、「恵比寿《えびす》の方だ」と答える。そうなんですか…と相槌を打ったものの、まったくの反対方向だと思い当たって、申し訳なくなる。

「逆じゃないですか。すみません、桜庭さん…」

「いいから。謝るな」

でも…と言いかけた言葉を飲み込んで、小さく息を吐いた。桜庭さんは自分が厭だと思うことを仕方なくやるタイプじゃない。たぶん、世話のかかる人間をほっとけないんだろう。

あの彼だってそんな感じだ。

そういえば、あの彼も酔っ払ってたな…と思い出していると、「昨夜」と桜庭さんが呟くのが聞こえた。ちょうど彼のことを考えていたところだったので、どきりとして「はい？」と聞き返す。

「……プリンは…どうだった？」

「あ…ああ、はい。美味しいって、喜んで食べてました」

「そうか…。だったら…今度、連れていってやるといい」

「うーん…それはちょっと…」

無理なんです…と続ける俺に、桜庭さんは「どうして？」と不思議そうに聞く。引きこもっているので…とは言えず、代わりに「忙しいので」と答えた。

「仕事が？」

「はい。漫画家で…締め切りに追われてる感じなので」

「漫画家…」

桜庭さんは漫画とか読まないタイプなのかもしれない。真面目な顔で繰り返す様子は縁遠く感じているようで、それ以上、詳しい話はしないでおこうと思ったのだが、桜庭さんは驚くような言葉を続ける。

「食事に行く暇もないような相手とつき合うのは大変だな」

「……。……え？」

今、桜庭さん、なんて言った？　あまりにも想定外の内容すぎて、理解が追いつかない。目を丸くして見る俺に、桜庭さんは当然のような口調で確認した。

「つき合ってるんだろう？」

「…誰…と…？」

「この前…一緒にいた……」

少し訝しげな感じで桜庭さんが言うのを聞き、俺は思いきり首を横に振った。激しく振りすぎて、酔いが回ってしまい、くらりと立ちくらみがする。立ち止まって、頭を押さえる俺に「大丈夫か？」と聞いてくる桜庭さんに、「違います」と否定した。

「つき合ってなんかいませんよ」

「…だが…あんな時間に二人でコンビニに…」

「プリンを買いに行っただけです。びっくりした…。桜庭さんがそんな誤解をしてたなんて…思ってもいませんでした」

泰史とつき合っていると思われていたなんて。でも、泰史は女装していたし、夜だったから女に見えた可能性も高い。誤解されたのも仕方なかったのかなと思いつつ、泰史は男なのだと話そうとしたが、やめた。女装というのは公言できるような癖ではないし、泰史にも立場がある。再び歩き始めた俺に、桜庭さんは「そうか」と低い声で言い、すまなかったと詫びる。

俺の方も桜庭さんと彼の関係を誤解していたりもしたから、やっぱり、話さないとわからないものだなと思っていた。泰史にこの話をしたら驚くかな。ありえないだろ！　と憤慨する姿が目に浮かぶ。

泰史とどこかに出掛けることは滅多にないけど、こういう誤解も招きかねないってことを自覚しておかなきゃいけないないなと考えているうちに、いつしかアパートの近くまで来ていた。後半、桜庭さんは無口になっていたのが気になったけれど、知り合ったばかりでもあるし、こんなものかなと思っていた。

桜庭さんは駐輪場に自転車を停めて、鍵をかけてくれる。それをもらい、改めてお礼を言った。

「すみませんでした。昨日も今日も連続で迷惑をかけてしまって…」

「いや…」

「桜庭さん、どうやって帰るんですか？」

「その辺でタクシーを拾うから…」

「あ、じゃ、タクシー代を出させてください」

せめてそれくらいさせて欲しいと思い、財布を取り出そうとすると、桜庭さんに「いい」と強い調子で遮られる。思いがけない鋭い声だったから、驚いて桜庭さんを見ると、しまったというように顔を顰めていた。

「…すまない」

「…いえ……俺の方こそ…」

　桜庭さんは俺よりも年上だし、部署は違ってもキャリアも立場も上だ。素直に好意を受け取っておけばよかったのだと反省し、すみませんと詫びる俺に、桜庭さんは力なく頭を振る。

「謝らなくていい」

「…はい」

「……。美馬」

「はい？」

　目の前に立つ桜庭さんを見上げると、やけに真剣な表情をしているのがわかった。ありがとうございました…とお礼を言って見送ろうとしていた場面には不似合いな顔つきで、少し不安に思いながら桜庭さんの言葉を待つ。俺の名前を呼んだ後、固まったようになっていた桜庭さんは、すっと息を吸ってから口を開いた。

「俺とつき合ってくれないか」

「……」

　俺とつき合ってくれないか。そんな台詞が桜庭さんの口から出てくるとは夢にも思っていなかったから、俺はすぐに理解できなかった。桜庭さんをじっと見つめて沈黙したままでいると、彼が大きく息を吐き出すのがわかる。

瞬《まばた》きもできないでいる俺から視線を外した桜庭さんは「考えておいてくれ」と低い声で言った。そして背を向け、通りへ向かって歩いていく。その姿がすっかり見えなくなっても、俺は駐輪場の前で一人立ちつくしていた。

「……マジか……?」

桜庭さんがいなくなって十分くらい後。ようやく事態がわかってきて、そんな呟きが漏れた。同時に全身から力が抜けるような感じがして、よろよろと部屋に向かった。デイパックから部屋の鍵を取り出す手は震えていて、自分が受けた衝撃の大きさを物語っているようだ。玄関のドアを開け、中へ入ってすぐにその場に頽《くずお》れる。山登りでもした後みたいに、膝ががくがくしてしまっていて、立っていられなかった。

「…マジかよ〜…」

聞き間違いなんかじゃない。桜庭さんは確かに「つき合ってくれないか」と言ったのだ。俺に。つまり…、あの疑惑は疑惑じゃなかったということになる。桜庭さんはあの彼とつき合っていなくても、同類なのではないかという疑惑だ。

つまり、つまり。桜庭さんはゲイで…そういう意味で、つき合ってくれないかと俺に言ったに違いない。飯につき合えとか、コンビニにつき合えとか、そういうレベルの話じゃない。

そこまでは理解できるのだが…。

「…む、無理…」

いろんな情報が頭の中で錯綜《さくそう》していて、これ以上考えがまとまらない。ビールと焼酎で酔っ払って、千鳥足だったのが嘘みたいに、頭がはっきりしてるのに何も考えられないのは、ひとえに衝撃が大きすぎるからだろう。

一人ではとても処理しきれないと思い、デイパックを掴んでよろよろと立ち上がった。帰ってきたばかりの自宅を出て、自転車で代官山を目指す。飲酒運転だとか、そんなのはまったく考えられないほど動揺していて、とにかく、誰かに話を聞いて欲しかった。

追いつめられた泰史が頼る相手が俺なように、俺も泰史のところしか行く当てはなかった。東京に出てきて一年余り。会社の人以外で特に仲良くなれた人もいない。会社の人には絶対できない話だから、泰史しか話せる相手はいない。

泰史は忙しいからとか、締め切りがあるからとか、おかしな話をして悪影響を及ぼしちゃいけないからとか、普段だったら遠慮するところだけど、無理だった。必死で自転車を漕いで代官山のマンションに着くと、駐輪場に自転車を乗り捨てるようにして、最上階の部屋へ向かう。

震えそうな手で合い鍵を取り出し、泰史の部屋に上がり込んだ俺は、仕事部屋のドアをノックもしないで開けた。

「やっくん…！」

「っ…びっくりした…。な、なに？　どうしたの？」

大きなディスプレイに向かって仕事をしていた泰史は、目を丸くして振り返る。俺の顔つきが普通じゃないのがすぐにわかったんだろう。突然やってきた俺を迷惑がることもなく、心配そうに見ている泰史の傍まで歩み寄ると、「どうしよう」と訴えた。

「何が？」

「桜庭さんが……つき合ってくれって…！」

「桜庭さん…？」

誰だっけ…と考えてから、泰史ははっとした顔になる。昨日の夜、プリンを持ってきた時に桜庭さんの話をした。桜庭さんがキスされていた会社の人だと思い出した泰史は、同時に俺が青くなって駆け込んできた理由もわかったようで、大声を上げる。

「ま、マジで!?」

「マジで！」

だから、どうしたらいいかわからなくて、走ってきたのだと言う俺を、泰史はちょっと待ってと制した。話を整理しようと言う泰史に大きく頷き、椅子の前に正座する。

「桜庭さんって…あれだよね。一昨日《おととい》…エレヴェーターの前でキスされてた方の人で…詠太と同じ会社だったたっていう…」

「そう」

「背の高い…体格のいい……、男の人だよね？」

「うん」

「…やっぱ…ゲイだったんだ」

俺の目は確かだった…と腕組みをして頷く泰史は満足げだけど、読みが当たった外れたとか言ってる場合じゃない。俺は人生最大…っていうのは言いすぎでも、それに近いくらいの一大事に遭遇しているのだ。

「ど、どうしよう、やっくん」

「どうしようって…何が？」

「だから……その……」

「だって、詠太はゲイじゃないから断ったんだろ？」

すでに結果が出ている話じゃないかと泰史が言うのはもっともでもあって、俺は何も言えなかった。確かに…その通りだ。桜庭さんからつき合ってくれと言われた時に、ゲイじゃないのですみません…と断ればよかっただけの話だった。

しかし…俺は驚きすぎてしまって、何も言えなかったのだ。頷かずに青くなっている俺を泰史は訝しげに見る。

「…まさか…断ってないの？」

「だ、だって…！　びっくりしちゃって、何も言えなかったんだよ」

「ええ～？　無理ですの一言でいいじゃん。相手が女の子ならともかく、これぱっかは仕方ない話なんだからさ」

「そ…そうだよね…」

泰史の言う通りだ。確かに確かに…と頷く俺を見る泰史の顔は、どんどん呆れたものになっていった。

「よくないなあ。その…桜庭さんって人はなんて言ってたわけ？」

「…考えておいてくれって…」

「期待させちゃってるかもよ？」

泰史の鋭い指摘を聞いて、俺はますます顔を青くした。つき合ってくれと言われて、何も返せなかった俺の反応を桜庭さんが脈ありと捉えていたとしたら…。速攻で断った方がお互いのためだったと後悔しても遅い。

どうしよう…と繰り返す俺に、泰史は机に頬杖をついて肩を竦める。

「早いうちに断るのがベストだとは思うけど…。気になるのはどうして桜庭さんが詠太につき合ってくれって言ってきたかだよね。同じ会社なんだし、慎重になるじゃん。特に男同士だし。同類だと思われるような真似でもした？」

「………」

そんな心当たりはなくて首を横に振る。でも、一つだけ気にかかることがあった。うちまで送ってもらう帰り道。桜庭さんから泰史とつき合っているのかと聞かれたのだ。違いますと答えたんだけど、あれがきっかけだとしたら…。

「…そういえば…桜庭さんはやっくんと俺がつき合ってるって誤解してたみたいなんだ」

「嘘？　ありえないだろ」

「ほら。一昨日、桜庭さんに会った時って、夜中だったじゃないか。あんな時間に二人でコンビニに行くっていうのは…そうじゃないかって」

「ちょっと待った。…もしかして、俺が女装してるから…？」

俺としては逆に、泰史が女の子に見えたから、つき合ってるって誤解されたのだと思ったけど…。泰史が女装した男だとわかったのなら、違う勘違いをされた可能性が出てくる。女装の男とつき合ってる…ゲイだと、桜庭さんが考えたのだとしたら…。

「説明した？　俺は女装しててもゲイじゃないって。三次元は無理だって」

「言ってないよ。そんなこと」

「ちゃんと言わないと！　絶対、誤解したんだって」

声を大きくする泰史に言い返す言葉はなくて、「ごめん」と謝って俯く。困ったなあ…と呟く俺に、泰史は強く言いすぎたと謝って、明日にでも断るべきだよと助言してくれた。

「わかった。そうだよね。…わかってたんだけど、驚きすぎて誰かに聞いてもらわないと混乱が収まらない感じだったんだ。やっくん、忙しいのにごめん。邪魔して」

「いつも迷惑かけてるのは俺の方だからさ。全然、気にしなくていいんだけど…。桜庭さんと同じ仕事をすることになったたってって言ってなかった？　やりにくくなるかな？」

泰史が仕事のことを心配してくれるのを聞いて、「そうだ」と思わず呟いた。桜庭さんの件も衝撃だったけど、もっと大きな問題が持ち上がっているんだった。頭を抱える俺を、泰史は心配そうに見る。

「やっぱ…やりにくいよね。担当を替えてもらうとかできないわけ？」

「…いや。その…やりにくいとかっていうのはもう…たぶん、ない。実は…会社自体がとんでもないことになって…」

突然、新規の仕事がストップになり、会社自体がなくなるかもしれないという話をすると、泰史は目を丸くした。そっちの方が大ニュースじゃん…と言うのは無理もない。気まずいとかやりにくいとかっていうレベルではなく、失業の危機なのだ。

「どうすんの、詠太」

「どうするって…まだ、ちょっとわからないんだけど、会社がなくなるって話が本当なら…新しい仕事探さないと…」

「……。帰る？」

「いや」

六坂に帰るのかと聞く泰史に、苦笑して否定する。そういえば、桜庭さんにも同じことを聞かれたなって思い出すと、真剣な表情が頭に蘇ってきた。つき合ってくれって…言った桜庭さんは軽い気持ちでいるようには見えなかった。

会社も大変だけど、桜庭さんのこともやっぱ大変だ。頭痛い…と呟く俺に、泰史は「プリン食べる?」と勧めてくれる。栄養補給だけでなく、薬代わりにもなるわけ? 本当かなあと首を傾げて溜め息をついた。

精神的な疲れと、飲みすぎが重なって、自宅に帰る気力を失った俺は、泰史の家のソファで一夜を明かした。業務自体がストップし、実質、仕事のない状況ではあるけれど、会社には行かなくてはいけない。アラームの音で目を覚まし、泰史の仕事部屋を覗くと、まだ同じような体勢でディスプレイに向かっていた。

「やっくん、いろいろごめん。俺、行くから…」

「詠太、ちゃんと断らないとダメだよ。帰りに報告に来てよ」

俺もその方がよかったので、わかったと返事し、部屋のドアを閉める。しかし、いつもながら泰史の生活は、人間的な営み…寝たり食べたり、風呂に入ったり…はいつしてるんだろうと不思議になるものだ。今日は帰りにプリンをたくさん仕入れてこようと決め、駐輪場に停めておいた自転車で会社に向かった。

決して時間に余裕があるわけじゃないのに、ついゆっくり漕いでしまうのは、億劫に思っているせいだ。自分ではどうにもならない会社の問題もさることながら、桜庭さんに断らなきゃいけないのは気が重い。昨夜、つき合ってくれと言われた時に即座に断るべきだったと後悔しても遅いよね…。

「はあ…」

朝から溜め息をつき、とろとろ自転車を漕いでいたが、いつしか会社に着いてしまっていた。昨日は朝から桜庭さんに出会したのを思い出し、あたりを窺いながら駐輪場に自転車を停め、二階へ向かう。フロアに入ってすぐ、人気《ひとけ》が少ないのに気がついた。

いつも、朝一番は静かではあるけど、ここまでシーンとはしていない。もう全員が知っているんだろうなと思いつつ、自分の机に向かうと、古賀さんはまだ来ていなかった。川満さんは出張に出たままだし、一人きりなのを寂しく感じながら席に着く。桜庭さんにどうやって連絡を取ろうか考えていると、「おはよう」と声をかけられた。

「あ…おはようございます」

顔を上げれば、ＩＴ部の陣内さんがマグカップを片手に立っていた。「聞いた?」と言う陣内さんに頷き、空いている隣の椅子を引いてどうぞと勧める。

「すみません。陣内さんにも仕事を進めてもらっていたのに…」

「美馬くんが謝ることじゃないよ。会社的な問題だからさ。…皆は？」

「川満さんはすでに発注をかけていた取引先に事情を話しに回ってます。古賀さんは…もうすぐ来ると思うんですけど…」

「お詫び行脚か…。川満さんも大変だな。結局、社長ありきのワンマン会社ってのは、社長の傲慢《ごうまん》でぽしゃっていくもんだね」

陣内さんが「傲慢」と言いきったのが気になって、何か知っているのかと尋ねた。昨夜、桜庭さんは収益の上がりそうな部門だけよそへ売られ、グリーンフィールズ自体が存続しなくなるかもしれないと話していたが、その原因については調べてみるとのことだった。傲慢という言葉は原因に繋がっているのだろうか。不安げな表情で聞いた俺に、陣内さんは声を潜めて「噂なんだけど」と前置きしてから話してくれた。

「どうも社長が会社の金を個人的に使い込んでたらしい。それで資金繰りが悪化して、事業資金が回らなくなったみたいだよ」

「社長が……ですか？」

「この前の決算結果で使い込みが発覚して…銀行に融資を引き上げられたんだって。俺たち現場にはさっぱりわからないことだけどさ。勘弁して欲しいよな。ここ、働きやすかったのに」

仲宗根さんが会社のお金を使い込んだなんて…。仲宗根さんに憧れて転職を決めた俺には俄に信じ難い話だった。あくまでも噂なんですよね？　と確認しようとした時、「おはよう～」というがらがら声が聞こえる。

「おはようございます。古賀さん、どうしたんですか。その声」

「あれから行きつけのスナックに行ったら、カラオケで盛り上がっちゃって…」

行きつけのスナックって…。古賀さんはお洒落《しゃれ》な街として有名な目黒に住んでいるにも拘《かかわ》らず、下町風情のある店を見つけては通いつめるという、変わった趣味を持っている。相変わらず、ディープだなあと思いながら、何か飲むかと聞く。古賀さんからコーヒーをリクエストされた俺は給湯室へ向かい、二人分のコーヒーをマグカップに注いで戻った。

俺がいない間に陣内さんは古賀さんにもさっきの話をしたようで、その眉間には皺が刻まれている。俺が手渡したマグカップを受け取り、古賀さんはがらがら声で呟くように言った。

「マジですか？　会社が傾くほど使い込んだって…一体、何に…」

「さあ。そこまではわからないけど…経理情報だから、おおよそ確かだと思う」

「じゃ…やっぱり…」

身売りするって話は本当なのかも…と、古賀さんが目だけで同意を求めてくるのに重々しく頷く。桜庭さんに口止めされているので具体的な話は漏らさず、古賀さんは陣内さんに別の質問を向けた。

「もしも…このままだったら、陣内さんはどうします？」

「うーん…。このまままっていうのはありえないんじゃないかな。資金繰りの目処《めど》が立てば、仕事も再開できるだろうけど、ストップさせたままじゃ、人件費が嵩むだけで、ますます状況は悪くなるじゃないか。となると…倒産か…リストラか」

陣内さんは古賀さんよりも年上で、いくつかの会社を渡ってきている経験がある。現在の状況をかなりシビアなものとして捉えているようだった。そして、そんな陣内さん以上に厳しく見ている人もいると言う。

「浜田《はまだ》さんあたりは早々に移るみたいだよ」

さらに声を小さくして陣内さんが教えてくれたのは、商品企画部の同僚の話だった。川満さんと同じく、プランナーとして新しいプロジェクトを立ち上げかけていた浜田さんとその周辺の人たちは、すでにグリーンフィールズを見限って、別の会社に転職する手筈《てはず》を整えていると言う。

「早くないですか？」

「どうも春先から噂があったらしいね。俺たちの耳に届いてなかっただけで。ほら、浜田さんはいろいろ伝《つて》があるだろう。…で、インナースペースに行くんじゃないかって話」

「インナースペースって…うちのライバル会社でしょ？」

「だからこそ、じゃない？　同じように仕事させてくれるだろう。あそこなら」

なるほど…と頷ける部分もあって、古賀さんと俺は複雑な気分で顔を見合わせた。会社が解散なんてことになるかもしれないと思っていたけど、浜田さんのように会社を見限る人が次々出てくれば、解散する前に同じような状況になってしまう。

「陣内さんも…転職を考えるんですか？」

「そうだなあ。給料出なくなってからじゃ遅いから、早めに動くにこしたことはないだろうな。ま、俺は気ままな独り身だし、しばらく無職でもいいんだけど…。川満さんみたく、子供がいたりすると深刻な問題だろうね」

　確かに…。古賀さんも陣内さんも、もちろん、俺も独身だけど、川満さんには子供が二人いて、まだ幼稚園に通っているような歳だ。それなのに会社がなくなってしまうというのは、俺たちとは大変さの度合いが違う。

　川満さんは今日も取引先に謝罪して歩くのだろうと思うと、することがないとぼんやりしているのが申し訳なくなる。自然と漏れた溜息は深いものだった。


　だが、俺にはぼんやりばかりしていられない事情があった。桜庭さんにいつ、どうやって断るかという、重大な問題を抱えていたからだ。

「詠太～。ランチ行かない？」

「あ、はい。……そうだ、古賀さん。桜庭さんも誘ってみませんか？」

「桜庭？」

直接、話があると伝えて二人で会うのはしんどいけど、三人で昼を食べに行った帰りなら…と思い、桜庭さんの名前を出した俺を、古賀さんは不思議そうに見る。何か用でもあるの？　と聞かれ、慌てて言い訳した。

「いや……ほら、昨夜、桜庭さん、調べておくって言ってたじゃないですか。何かわかったかなと思って」

「そうだったわね。…うん。今朝、陣内さんから聞いた話もあるし…」

誘ってみようかと言い、古賀さんはスマホを取り出す。桜庭さんが社内にいなかったらそれまでの話で、俺は内心でどきどきしながら様子を窺っていた。桜庭さんはすぐ電話に出たようで、古賀さんがランチに誘う声が聞こえる。

「…あ、古賀です。昨夜はどうも。今、社？　……お昼でも一緒にどうかと思って…。…うん。じゃ…角のカフェで。…わかった」

古賀さんが話している内容から、桜庭さんが社内にいてランチをＯＫしたのがわかって、ほっとしたような残念なような複雑な気持ちになった。早く話さなきゃいけないと思っているのに、怖くて先延ばしにしたい思いもあったのだ。

でも、先延ばしにするほど、泥沼にはまるとわかってる。このチャンスに絶対、話さなきゃいけないと自分を鼓舞していると、古賀さんが通話を切ったスマホを手に、出ようと言う。

「桜庭、後から来るって。先に行ってよう」

「はい」

先を歩く古賀さんに続き、会社を出て近くのカフェへ向かう。ちょうど昼時なのもあって混み合い始めていたが、なんとか席を確保できて、座ると同時に日替わりのランチを頼んだ。落ち着くと同時に、桜庭さんと会うのだという緊張感が湧《わ》き始める。

自分から古賀さんに桜庭さんを誘うよう仕向けておきながら、すでに後悔していた。二人きりだと緊張するからとか思ったけど、昨夜のあれは万が一でも古賀さんにばれちゃいけない。桜庭さんに…つき合ってくれなんて、言われたことがばれたら…。

「詠太？　どうかしたの？」

「…え…」

「顔が…」

強張《こわば》ってる…と言いかけた古賀さんは、はっとしたような顔になり手を上げた。店の出入り口は俺の背後になっていたので、古賀さんの行動で桜庭さんが来たのだとわかる。さらに緊張してくる心をなんとか落ち着かせようと、密《ひそ》かに深呼吸しながら、桜庭さんが現れるのを待った。

「すみません、遅れて。もう頼みましたか？」

「うん。日替わりにしたけど」

古賀さんが言うのを聞き、桜庭さんは通りかかったウェイトレスに俺たちと同じ日替わりランチを頼む。それから、何気ない感じで古賀さんの隣に腰を下ろした。俺たちがいたのは二人並びの席が向かい合ったテーブルで、俺と古賀さんは一人ずつ座っていたので、後から来た桜庭さんはどちらかの隣に座らなくてはいけなかった。

桜庭さんが俺じゃなくて、古賀さんの隣に座ったのは…昨夜のことを気にしてるからだろうとわかったんだけど、事情を知らない古賀さんは不審げな顔になる。

「詠太の方に座りなさいよ」

「……別にどっちでもいいじゃないですか」

「よくない。あんたみたいなデカイ男が隣にいたら窮屈じゃない」

眉を顰めて非難する古賀さんに言い返す気力はなかったらしく、桜庭さんは無言で俺の隣に移動してきた。古賀さんは気づいてないようだったが、やっぱり桜庭さんは俺を意識しているようだった。

俺は小柄だけど、一応、男だし、それなりの大きさがある。普通に座ったら腕が触れ合ってもおかしくないのに、お互いの間に隙間が空いているのは桜庭さんが気遣っているからとしか思えない。

小さなことでも、昨夜の記憶が蘇ってきて、厄介だった。つき合ってくれと言った桜庭さんの顔を思い出さないよう、俺が懸命に意識している間に、古賀さんが陣内さんから聞いた話を告げていた。

「……っていう噂が流れてるらしいのよ。聞いてる？」

「ええ」

陣内さんの…仲宗根さんが会社のお金を個人的に使ってしまったという…話をすると、桜庭さんは溜め息交じりの声で返事をした。仲宗根さんと親しい間柄にある桜庭さんは、会社の状況について詳しく調べてみると昨夜言っていた。その後、何かわかったのかと聞く古賀さんに、桜庭さんは小さく溜め息をついて口を開く。

「仲宗根さんとはまだ連絡が取れませんし、何かわかったわけでもないんですが、その話は昨日、専務の田村《たむら》さんから聞きました」

「じゃ、本当なのね。何に使い込んだの？」

「そこまではわかりませんが…本当のようです。仲宗根さんは昨日、商品企画の浜田さんとか菅原《すがわら》さんとか、あのあたりに事情を説明した後、姿を消してしまったようで、田村さんも連絡が取れなくなってるって言ってました」

「大丈夫…なんですか？」

誰も連絡がつかないというのは状況的にも心配な話で、思わず、横から尋ねてしまった。桜庭さんは俺をちらりと見て、「たぶん」と答える。

「あの人はそんなにデリケートな人じゃない」

「でも…追いつめられてるのは事実じゃない？」

俺の危惧《きぐ》を否定する桜庭さんに、古賀さんが渋い顔で指摘する。そこへ注文していた日替わりランチが運ばれてきて、いったん、話は中断した。後から頼んだ桜庭さんの分も一緒に来たので、先に食べようと言う古賀さんに従い、三人でランチを食べ始める。でも、食べかけて最初に口を開いたのも古賀さんだった。

「そういえば、浜田さんたちがインナースペースに行くらしいわよ」

「…早いですね。昨日の今日じゃないですか」

「春先から噂が出てたんだって。桜庭は聞いてなかったの？」

「仲宗根さんと個人的なつき合いがあるのは事実ですが、そこまで親しくはないんです。元々は、知り合いの知り合いって感じで紹介された相手で…それに、グリーンフィールズに来てからは、敢えてつき合いをやめていたので。内情を知ると、いろいろめんどくさいというのもありまして…」

桜庭さんの説明に古賀さんは「確かに」と頷き、ランチのチーズハンバーグを頬張る。何か考えているような顔でもぐもぐと頬張ってから、桜庭さんに今後について尋ねた。

「本格的に転職先を考えた方がいいような感じになってきてるけど、桜庭はどう見てるのよ？」

「…田村さんはグリーンフィールズが同じ形で存続できる可能性は低いような話をしていま

した。浜田さんのように、今回のことで抜けるプランナーも多いでしょうから…、そうなると、資金繰りに目処がついたとしても、会社自体が機能しなくなるでしょうね」

「そうよね…。…川満さんはどうするつもりなのかな」

「いつ戻るんですか?」

「午前中に連絡があって、明日、一度戻ってきて、それから益子《ましこ》の方へ挨拶に行くって言ってた」

古賀さんの説明を「そうですか」と聞き、桜庭さんは帰ってきたら川満さんの意向を聞いてみたらどうかと勧めた。川満さんは業界内でも企画力のある人物として定評があり、実力も認められている。浜田さんのインナースペースのように、移籍のような形で転職できる先に当てがあるかもしれません…と助言する桜庭さんに、古賀さんはフォークを置いて頷く。

「川満さんが移籍するなら…私もついていきたいな。詠太もでしょ?」

「そりゃ…もちろん…。でも……」

俺はまだ一年余りしかキャリアのない下っ端だし、胸を張ってできる仕事もない。古賀さんは川満さんのアシスタントというより、パートナーに近い位置づけの人だから、移籍となれば一緒に行くというのも当然なんだろうけど…。俺は…。

複雑な気分になり、先が続けられなかった。その時、古賀さんのスマホにメールが入り、「あら」と声を上げる。

「…ごめん。知り合いが近くまで来てるから会いたいって言ってるの。ちょっと先に出させてもらうわ」

すでにランチを食べ終えていた古賀さんは自分の代金を俺に預け、慌ただしげに出ていってしまった。桜庭さんと大事な話があった俺にとっては、ありがたい展開ではあったのだけど、二人きりになるとどうしても緊張感が高まってきてしまう。

そんな俺の心情を読んだみたいに、桜庭さんは俺の横から古賀さんが座っていた席に移動した。桜庭さんはランチを食べ終えており、まだ残っていた俺は「すみません」と詫びる。

「待たせてしまって…」

「気にするな。時間はあるんだ。ゆっくり食えばいい」

優しく言われると後ろめたい気分が増して、やっぱり昨夜断っておくんだったという後悔が湧き上がった。困ったなあと思っていると、視線を感じて顔を上げる。すると、俺を見ていたらしい桜庭さんと目が合った。

「…何か?」

用があるような雰囲気ではないが、一応、聞いてみると、桜庭さんは「いや」と首を振って視線を背けた。昨日までなら、「なんだろうな?」と思う程度だった仕草も、怪しく思えてしまうのは仕方のない話だ。

だって、「怪しく」はないのだ。真正面からつき合ってくれと言われているのだから。もう、それしかない。

「……」

神妙な面持ちで、残りのランチを食べ終えてしまうと、桜庭さんに待たせたのを詫びて席を立った。レジで支払いを済ませて店を出た後、会社に戻るまでの間に、桜庭さんにどうやって話を切り出そうと思い悩んでいたのだが、向こうからコーヒーショップに寄らないかと誘われた。

桜庭さんと一緒にいるのは緊張するけれど、話をするタイミングは増える。俺は誘いに頷いて、ランチに入ったカフェから程近いコーヒーショップに桜庭さんと共に立ち寄った。桜庭さんはホットコーヒー、俺はカフェモカを頼んで、窓際の席に座る。

言わなきゃ…。このチャンスを逃しちゃいけない。長引かせれば長引かせるほど、泥沼になっていくだけなんだから。負けそうな自分を叱咤《しった》していた俺は、桜庭さんから見ても緊張した様子だったのだろう。

「…どうした?」

「…え…、あ…いえ、なんでもありません…」

不思議そうに聞かれ、思わず首を横に振って答えてしまう。それから「しまった」と慌てた。どうした…と聞かれたのだから、実は…と昨日の件を切り出せばよかったのに。このままじゃ、言えないままで終わってしまうかも…。

そんな恐れを抱きつつも、タイミングが摑めずにぐるぐるしていたのだが、そんな俺に桜庭さんの方が先に切り出した。

「…昨夜の…話なんだが…」

「え…っ…」

俯いて考え込んでいた俺は、桜庭さんが「昨夜の話」と言うのを聞いて咄嗟に顔を上げた。そうそう。俺も今、それについて…と続けられるような気軽な話ではない。口を開けたまま、固まってしまった俺を、桜庭さんは心配そうに見る。

「……大丈夫か?」

「……あ……、はい…はい…」

心配しないでくださいという意味で、頭を動かして頷く俺を、桜庭さんはしばし見つめた後、微かに眉を顰めた。それから長く息を吐き、意外な台詞を続けた。

「忘れてくれ」

「……」

忘れてくれ…って……何を? いや、この場合、流れ的に「昨夜の話」だ。昨夜…桜庭さんとはいろんな話をしたけど、俺にとって一番重要だったのは「つき合ってくれ」と言われたことなのだが…。

桜庭さんが忘れてくれと言うのは、そのことだろうか? でも…おそらく、桜庭さんにとっても意を決して告げた言葉だったと思うのに、それを一晩で忘れてくれというのは…。もしかしたら、別の話なのかもしれないという思いが湧き、恐る恐る確認する。

「……それは…つまり、………あれですか？」

「困らせてすまなかった」

つき合ってくれという話ですかと、具体的には聞けなかったものの、桜庭さんの答えで勘違いでないのがわかる。理由はわからなかったけど、桜庭さんが自ら申し出を取り下げてくれたのは俺にとっては願ってもない話で、心からほっとした。

でも、本人を目の前によかったと喜べる内容ではない。安堵はひとまず心の奥へ隠して、「わかりました」と返事した。

「……」

その後、何か続けなきゃと思ったのだが、言葉が出てこなかった。仕方なく、カフェモカを飲んで、桜庭さんが話してくれるのを待っていたものの、何も言わない。お互いが神妙な顔つきで目線も合わせず、飲み物を飲むという微妙な時間が過ぎ、それぞれのカップが空になると、どちらからともかく店を出ようという話になった。

店を出てすぐに、桜庭さんは用があるので会社には戻らないと言った。俺は少しほっとして桜庭さんと別れて、会社の方へ向かって歩き始める。しばらく歩き、一人になったのを確かめてから、ようやく「はあ」と大きな溜め息をついた。

「……よかった……」

桜庭さんが考え直してくれて、本当によかった。どうやって断ればいいのかと、頭を悩ませていた俺には助けの船というやつで。桜庭さんにどういう心境の変化があったのかはわからないが、これで元通りに…。

「……」

元通り…っていうのは無理なのかな。コーヒーショップで黙ってしまった桜庭さんは、何かしら思うところがあったに違いない。そもそも、俺に対してつき合ってくれと言った時点で、カミングアウトしてしまったことにもなる。

難しいなと思ったのだが、状況的に桜庭さんと会うことも、間もなくなくなるのが見えていた。会社がなくなってしまうのなら、お互い、転職せざるを得なくなる。だから、顔を合わせて気まずくなるのも、あと少しのことだ。

だから、大丈夫だろうと考えながらも、なんとも言えない複雑な気持ちは消えていなかった。よかったとほっとしても、手放しで喜べていないのは、桜庭さんを思いやる気持ちがあるからだろう。本当はちゃんと自分の気持ちを説明して断った方がよかったのかもしれない。小さな後悔を抱きつつ会社へ戻る足取りは、少しずつ重くなっていくように感じられた。

その日、会社帰りにプリンを買い込んで泰史のところに寄ると、珍しく自ら仕事部屋から出てきて「どうだった？」と聞いてきた。泰史は俺に優柔不断な面があるのを知っているので、断れなかったと思っていたようだった。

「ちゃんと言えた？」

「それが…桜庭さんの方から、忘れてくれって言ってきたんだ」

「え？」

それは泰史にとっても想定外の展開だったらしく、驚いた顔で聞き返す。買ってきたプリンを食べるように勧めながら、泰史と共に居間へ行くと、昼の話をした。泰史はプリンのパッケージを開けて、スプーンを突き刺しながら、「なるほどねえ」と頷く。

「一晩考えて、後悔したのかもよ」

「後悔？」

「同類だと勘違いしたとしても、同じ会社の同性相手につき合いを申し込むのはまずかったんじゃないかって…普通の人なら後悔しそうじゃない？」

確かに泰史の言う通りだけど…そんな基本的なことを後悔するくらいなら、つき合ってくれなんて言い出さないような気がする。あの時、桜庭さんはかなり真剣だったし、相当、考えた上で口にしているように見えた。そう指摘すると、泰史は「そうだね」と同意して、違う視点からの意見を挙げる。

「じゃ、やっぱ好みじゃないって思い直したとか？」

「俺のことが？」

そういうのもあるのかなと考えて思い出したのは、桜庭さんの友人だという、あの彼が言っていたことだ。すっかり忘れていたけど…。そういえば…と眉を顰めて、健三郎という名前を口にする。

「健三郎？」

「ほら。あの…桜庭さんにキスしてた人に言われたんだよ。なんか、俺は健三郎っていう人に似てるみたいで…健三郎に似てるからっていい気になるんじゃないって…」

「え…ていうことは…健三郎っていうのは、桜庭さんの元カレとかで、それに詠太が似てるんじゃない？　だから…」

桜庭さんはつき合ってくれと言ったのでは…と推理する泰史に、俺は神妙な顔で頷いた。

昨日の夜、桜庭さんからつき合いを申し込まれた時には突然すぎてびっくりしたようにも感じたけれど、彼の言ってたように、桜庭さんは健三郎っていう人に似てるから、俺を気に入ったのかもしれない。

なるほどなあ…と納得できて、小さく息を吐く。桜庭さんとは同じ会社でも、俺にとっては最近会ったばかりの人で、一緒に過ごした時間だって短いのに、どうしてつき合いを申し込まれたのか不思議でもあったのだ。好きだった人に似ていたのだとしたら、ありえる話だ。

しかし…。

「でも…だとしたら、好みじゃなかったってことはないね？」

「そうだね…」

「桜庭さんはなんて言ってたんだよ？　説明は？」

本人の話はどうだったのかと聞く泰史に、俺は溜め息交じりに首を横に振った。桜庭さんは自分の発言を撤回した後、何も言わなくなってしまい、重い沈黙が流れ続けたのだ。もしかすると…桜庭さんは俺が困ってるのを察して、自分から取り下げてくれたのかもしれない。

俺にとってはありがたいことだけど…。やっぱり複雑な気分が消えなくて、自然と困った顔になっていたらしい。頬杖をついていた俺を泰史が覗き込んで、「どうかした？」と聞いてくる。

「…いや。なんでもない」

「まあ、一件落着ってことでよかったじゃん。しばらく気まずいかもしれないけど、そのうち、平気になるって」

「……それは…ほら、うちの会社自体がなくなろうとしてるから…」

「あ、そうか！　だったら、ちょうどよかったじゃん」

気まずさも味わわずに済むよ…と言う泰史に小さく笑って同意する。そうだよね。これも俺にとってはどうにもできない問題なんだし、あれこれ考えても仕方がない。桜庭さんとはまだしばらく顔を合わせる機会があるかもしれないが、いずれなくなるのだから。気軽に考えようと思って、プリンを食べる泰史を眺めていた。


次の日。出張から戻ってきた川満さんが会社に姿を現したのは夕方の五時を過ぎた頃で、お疲れ様ですと挨拶するなり、夜の予定を聞かれた。

「空いてますけど…」

「じゃ、飯でも行かないか」

わかりましたと頷く俺に、七時に店を予約してあるからとだけ言って、川満さんは忙しそうにまた出掛けていった。俺だけでなく、古賀さんも誘われていて、川満さんがいなくなった後、どういう意図があるのかと推測し合った。

「仕事の打ち合わせじゃないですよね？」

「仕事はないじゃん。川満さん、謝って回ってるだけよ？」

「川満さんは出掛けてたけど…きっと、知ってますよね？」

グリーンフィールズの資金繰りが悪化した理由を、川満さんは聞き及んでいるだろうかという俺の問いに、古賀さんは真面目な顔で頷く。日に日に、会社としての現状はよくない感じになっていて、商品企画部では出社する人間もまばらになってきている。ほとんどの人間が転職先を探して動いているらしくて、俺たちも川満さんのお詫び行脚が終わったら、対応を考えようと話していた。

川満さんは移籍についての話をするつもりなのかもしれない。二人でそんな予想を立てながら指定された店に出掛けていくと、川満さんはまだ着いていなかったが、ＩＴ部の陣内さんの姿があった。

「陣内さん。どうしたんですか？」

「俺も川満さんに誘われたんですよ」

陣内さんも俺たちと同じく、飯でも…と誘われただけで、目的は聞いてないと言う。その後、陣内さんに新たな情報は入ってきているのか聞き、こっちに入ってきた情報についても話したりしていると、十分くらい遅れて川満さんが現れた。

「悪いな。待たせて」

「いえ。お疲れ様です」

川満さんが席に着くと、古賀さんが店員を呼んで飲み物を頼んだ。全員がビールを頼み、グラスが運ばれてきて、取り敢えず乾杯する。各所に謝りに回っていた川満さんは疲れているに違いなく、皆が口々に労《ねぎら》った。

「お疲れ様です。俺と古賀さんで行けるところがあれば行きますんで、遠慮なく言ってください」

「そうですよ。川満さんばかりに負担をかけられません。能登の石丸さんに関しては、連絡が取れ次第、私が行ってきますから」

「心配かけてすまない。お詫び行脚っていうのも…なかなか大変なのは事実だが…、もっと大変なのはこれからだ。…聞いてるよな？」

川満さんが出掛けていた三日余りの間に、状況が好転する気配はまったくなく、それどころか、波が引くように一斉に人が離れていってるのを、下っ端の俺でさえ感じている。全員が神妙な顔で頷くのを見て、川満さんはふうと息を吐いた。

「仲宗根さんに代わって迷惑かけるのを謝るよ。こんなことになってしまい、本当にすまない」

「そんな…川満さんが悪いわけじゃ…」

「川満さんは社長と連絡取れてるんですか？」

古賀さんが尋ねるのに、川満さんは渋い表情で首を振る。やっぱり、誰も連絡が取れないという桜庭さんの話は本当らしい。表情を引き締めて川満さんを見ていると、少し考え込むようにして黙った後、「実は」と切り出した。

「自分で会社を立ち上げようと思うんだ」

「自分で…って…川満さんがですか？」

「ああ。今、進めているプロジェクトは絶対いけると思えるし…今回、事情を話して謝りに行った先でも言われたんだ。まだこれからっていう話なんだから、グリーンフィールズから独立する形で仕事を進めてみたらどうかって」

川満さんは浜田さんのように会社を移るのかもしれないとは考えていたが、自分で会社を立ち上げるという話になるとは思ってなかった。だが、驚いて目を丸くしたのは俺だけで、古賀さんと陣内さんには想定内の話だったらしい。

「もしかすると…とは思ってましたけど、やっぱりそう来ましたか」

「俺はＩＴ要員に呼ばれたんですね？」

確認する陣内さんに、川満さんは真面目な顔で「はい」と答える。

「陣内さんにはＩＴ関係の仕事をお願いできればと」

どうでしょう？　と聞く川満さんをちらりと見てから、陣内さんは古賀さんと俺を窺うように見る。自分の返事よりも、古賀さんと俺の返事を聞くのが先じゃないかと言いたげな目に見られ、古賀さんはにやりと笑った。

「私は気軽な独り身ですから。転職先を探すのは川満さんがぽしゃってからでも遅くないです」

「ぽしゃる前提か？」

「詠太も独り身だしね」

「はい。陣内さんも…ですよね？」

昨日も三人で話していたのだ。一番大変なのは川満さんだって。皆で揃ってそれを指摘すると、川満さんは苦笑して肩を竦めた。川満さんは俺たちの中で唯一の妻子持ちでもある。独立に当たって、奥さんの了解は取れているのかと尋ねる古賀さんに、川満さんは渋面で頷いた。

「うちは、元々、奥さんの方が稼ぎがよくて、あなたの稼ぎは当てにしてないからって言われたよ」

「理解ありますねえ。さすが」

「じゃ、このメンバーで新会社を立ち上げるってことで？」

確認するように聞く陣内さんに川満さんが頷くのを見ながら、俺は俄に不安な気持ちになった。というのも、自分が役に立つかどうかわからないという自覚があったからだ。グリーンフィールズに転職して一年余り。早く一人前になりたいと頑張ってきたものの、残念ながら下っ端のまま、会社がなくなろうとしている。

転職先を探すなら、今と同じような仕事がいいと思ってた。だから、川満さんが独立して、そこで働かせてもらえるっていうのは…すごく嬉しいのだけど…。

「どうした？　詠太。厭か？」

「厭なんて…！　とんでもない！　…その逆で…。俺は古賀さんとか陣内さんみたいに…即戦力にはならないので…その…お荷物なんじゃないかと」

　情けなく思いつつも、自分の正直な気持ちを口にして伝えた。今までの流れでなんとなくメンバーに入れてもらってるのだったら申し訳ない。俺としては真面目にそう考えていたのだが、皆は揃って呆れた顔になる。

「バカね、詠太。あんたがいなけりゃ、誰が雑用やるのよ？　宅配の受け取りとか、コーヒーの補充とか」

「俺は美馬くんのセンス、結構買ってますよ。川満さんの大胆な説明より、ずっといいです」

「あれ？　俺、陣内さんに不評だったんですか？」

　初めて知ったと川満さんは目を丸くして陣内さんを見てから、俺に「詠太」と呼びかけた。その顔は俺以上に真剣なもので、姿勢を正して川満さんの方を見る。

「会社を立ち上げるって言っても、まだ全然先が見えてなくて、給料もどうやって払えばいいか、俺自身、わからないんだ。そんな状況でお前に声をかけるのは、どうかと思うところもある。お前は若いし、いくらでも働き口のある身だ」

「そんなことは……」

「それに、これからのキャリア的にもネームバリューのある会社に入って仕事をした方がお前の人生にとってはいいのかもしれない。でも…俺はお前が手伝ってくれた一年余りの間、楽しかったから…、お前と一緒に働けたらって思うんだ。だから、我儘を言ってるのは俺の

方なんだよ」

実は立場が逆なのだと言い、肩を竦める川満さんに、俺は首を横に振って応じた。俺の方はお荷物になるといけないからと思っていたのに。そんなふうにお互いが謙遜《けんそん》し合っているような状況を、古賀さんが呆れた顔で見て厳しい突っ込みを入れる。

「泥船かもしれない船に乗せる方も、乗る方も遠慮しててどうするんですか。詠太。転覆したら次の船に乗ればいいだけなんだから、気楽に考えなさいよ。次の船まで泳ぐ体力が一番あるのは一番若いあんたなんだから。いいでしょ」

「転覆って…まだ出航もしてないぞ?」

縁起悪いよ、古賀ちゃん。眉を顰めて嘆く川満さんを、陣内さんが「まあまあ」と宥《なだ》め、空になっているグラスを見てお代わりを頼む。俺は古賀さんの言葉を頭の中で繰り返しつつ、少しずつ湧き上がってくる嬉しさを噛《か》みしめていた。

グリーンフィールズがなくなってしまったらどうしようと不安に思っていたけど、これからも同じように…とはいけなくても、川満さんや古賀さんや陣内さんと仕事ができるなんて。よかったと安堵すると共に、期待も生まれる。小さくてもぎゅっと中身の詰まったような会社にできるんじゃないか。

俺にも自分の力で何かが生み出せるかもしれない。そんな希望は心を明るくしてくれるもので、つい笑みがこぼれる。含み笑いを漏らしながらビールを飲んでいたのだが、川満さんが「それと」とつけ加えた内容にどきりとさせられた。

「あと一人、声をかけようと思ってる奴がいるんだ」

「誰ですか?」

「桜庭」

えっと口をついて出そうになった声を飲み込み、窺うように川満さんを見る。川満さんは俺と同じように驚いた顔になってる古賀さんに理由を説明していた。

「やっぱ営業も一人欲しいと思ってな。どうせ誘うなら桜庭くらいできる奴がいいだろ」

「確かにあいつは仕事はできますが…桜庭がうちに来たのは仲宗根さんがいたからでしょう。そもそもは大手商社で何千億っていうプラント売ってたような男ですよ? また元の畑に戻るんじゃないんですか?」

「ダメ元でさ」

否定的な見方をする古賀さんに、川満さんは肩を竦めて、一応話してみると言った。古賀さんは桜庭さんが断る可能性は高いと思っているようだったけど、加わってくれるのであれば力強いと頬杖をついて呟く。

「そりゃ、桜庭が参加してくれれば百人力ってやつではありますよ。桜庭は営業としての能力はピカイチですから」

「具体的な数字出せってうるさいけどな」

「桜庭くんはネット上の動きにも敏感ですよ。的確な指示を出してきますからね」

陣内さんも桜庭さんの能力は買っているようで、皆が無理かもしれないけど、来てくれたらありがたいという考えを抱いているようだった。桜庭さんに対する期待が高まる中で、俺は誰にも言えない不安を抱えていた。もしも…桜庭さんがOKしたら…。これから、さらに小さくなる会社の中で一緒に働かなきゃいけないわけで…。

桜庭さんとはもう会わなくなるだろうから、気まずくてもあと少しの我慢だと考えていた目論見《もくろみ》が崩れることになる。どうしよう…と思う複雑な気持ちは胸にしまい、グラスに残っていたビールを飲み干した。

翌日は土曜で、会社は休みだったので、午後から髪を切りに出掛けた。さっぱりした後、泰史が食べたいと言っていたプリンを渋谷のデパートまで買いに行き、代官山のマンションに置きに行こうとしていた途中、古賀さんから電話が入った。

休みの日に…しかも、実質的な仕事のない状況で、なんの用か思いつかず、不思議に思いつつ電話に出る。古賀さんは深刻そうな声で「今、話せる?」と聞いた。

「大丈夫ですけど…どうかしたんですか?」

『それが…川満さんから電話があって、桜庭が断ったらしいのよ』

「え……」

昨夜、川満さんから桜庭さんも誘うつもりだと聞いた時、当てが外れると思い困った俺にとってはある意味、朗報でもあった。でも、皆が期待していたのも知っているので、喜ぶことはできなかった。複雑な心情で理由を聞いた俺に、古賀さんはわからないのだと答える。

『桜庭が理由を言わないらしいのよね。桜庭の性格的に、他に転職する予定があるとか、別に何かやりたいことがあるとかなら、はっきり言うと思うのよ』

「…そう…ですね…」

『でしょ？　川満さんもその辺、同じ考えで…一度、桜庭に話を聞いてみてくれないかって言うから、詠太も一緒にと思って…』

「えっ。な、なんで俺も？」

『もしも重い話だったら、二人だと気まずいじゃない？　緩衝材《かんしょうざい》として来なさいよ』

か、緩衝材って…。古賀さんの気持ちはわからないでもないけど、桜庭さんと会うのはちょっとまだ心の準備が…。躊躇いを抱いて、どうやって断ろうかと悩む俺に、古賀さんは一方的に告げてくる。

『六時に…会社の傍のイスパニヤで。ご飯食べに来るつもりでいいから来て』

「で、でも…俺…」

予定があると嘘でもつけばよかったのだが、生来のバカ正直さがこういうところでも出てしまい、咄嗟に言い出せなかった。困っているうちに、古賀さんは「後でね」といい通話を切ってしまう。呆然としたままスマホを握りしめ、力なく項垂れる。

「そんな…」

桜庭さんにつき合ってくれと言われ、断る前になかったことにしてくれと言われ、つまり、何があったわけでもないけれど、気まずいのは確かなのだ。でも、そんなこと、古賀さんに説明できるわけもなくて。

どうしよう…と悩んでいるうちに、泰史のマンションに着いていた。泰史に相談しようと思い、急いで最上階の部屋に向かうためにエレヴェーターのボタンを押す。桜庭さんはどうして川満さんの誘いを断ったのか。明確な理由があるなら話すはずだと、古賀さんは言っていた。

でも…話せないような理由だったら？　もしかすると…という考えを抱きかけた時、エレヴェーターのドアが開いた。泰史に早く話を聞いて欲しいと思っていたから、さっと足を踏み出したのだが、降りてくる人がいてぶつかりそうになってしまう。

「っ…すみません…」

自分の無礼を詫び、顔を上げて相手を見た俺は、息を呑むと同時に心臓が口から飛び出しそうなほどに驚いた。だって、エレヴェーターを降りようとしていたのは、桜庭さんその人だったのだ。

「…！　桜庭さん…‼」

「…美馬……」

桜庭さんの方も驚いたらしく、眉を顰めて俺を見る。どうして…と思ったけれど、桜庭さんとは前にも同じ場所で会っている。俺にとっては初対面のあの時…桜庭さんは「彼」といたのだと思い出し、慌てて周囲を見回したが、一人だったのでほっとした。

彼には桜庭さんには近づくなと脅されている。俺の方から近づいているつもりはないけれど…。桜庭さんにつき合ってくれと言われたのがバレたら…確実に、あのキス写真をばらまかれるような気がする。

そんなことを頭に思い浮かべた時、エレヴェーターのドアが閉まり始めた。中途半端な場所に立っていた俺が扉に挟まれそうになってしまうと、桜庭さんは腕を摑んで内側へ引っ張ってくれる。

「…っ…」

桜庭さんは俺を助けようとしてくれただけだったのが、その力が思いの外強くてバランスを崩してしまった。結果、蹴躓《けつまず》くような形で倒れ込んだ俺を、桜庭さんは力強く支えてくれる。

「…す…みません…！」

慌てて謝り、すぐに離れようとしたのに動けなかった。というのは、いつの間にか桜庭さんの手が背中に回っていて、抱きしめられるような体勢になっていたからだ。

「……」

俺…桜庭さんに抱きしめられてる…？　自分自身の状況を認識すると同時に、エレヴェーターが動き始める。上昇していくのがわかり、はっとして桜庭さんの名前を呼んだ。

「さ…桜庭さん、降りるんじゃ…」

「…あ…しまった…」

俺に指摘された桜庭さんは我に返ったように背中に回していた手を放し、飛びのくようにして俺から離れた。すまん…と詫び、仕方なさそうに二十五階のボタンを押す。俺も泰史の部屋がある最上階のボタンを押し、桜庭さんとは反対側の壁際に寄って、小さく息を吐いた。

桜庭さんが俺を抱きしめたのは偶然じゃないはずだ。倒れ込んだ俺を支えてくれたところまでは偶然でも、その後、ぎゅっとしたのは故意だとしか考えられない。桜庭さんからつき合ってくれと言われる前だったら、なんだろう？　程度で済んだかもしれないが…。

とてもそうは考えられなくて、どきどきが高まっていく。桜庭さんは忘れてくれと言ったけど…あれは…。

「……」

意を決して背けていた視線を桜庭さんに向けると、眉を顰めた横顔があった。深く後悔しているようにも見え、桜庭さんが焦っているのもわかる。どうやってフォローしたら…と考えかけた時、ポケットに入れていたスマホが唐突に鳴り始めた。

「っ…」

自分のスマホの音に驚き、慌てて取り出す。相手は古賀さんで、頭の中が整理できないまま、画面に触れた。

「は…はい？」

『詠太？　ごめん。桜庭に連絡したらさ、都合が悪いって言うのよ。また日にちを変えて誘ってみるから』

今日はなしってことで…と確認してくる古賀さんに返事をする前に、目の前にいる桜庭さんをじっと見つめた。都合が悪いって…？　ここにいるのに…？

『詠太？』

「…あ…はい。わかりました…」

『振り回してごめんね』

また連絡する…と言い、古賀さんは電話を切る。桜庭さんは相変わらず俺から視線を背けたままだったが、なんとなく、古賀さんからの電話だと察していたようで、気にしているのではないかと思われた。

桜庭さんは…どういうつもりで古賀さんの誘いを断ったのだろう。いや、川満さんの誘いもだ。その理由は…両方とも俺にあるんじゃないか。そんな考えを抱いて、桜庭さんの名前を呼ぼうとした時、エレヴェーターが二十五階に着く。

ドアが開くと、桜庭さんは何も言わずに降りてしまった。逃げるような行動にも見え、疑いが深くなる。理由を確かめたくて、その後について俺も二十五階でエレヴェーターを降りた。

「桜庭さん」

背を向けたまま歩きかけていた桜庭さんは、俺がエレヴェーターを降りたのに気づいていなかったらしい。驚いた顔で振り返り、息を呑む。桜庭さんはどうして二十五階で降りたのかという、基本的な疑問もさることながら、まずは古賀さんに言った通り、本当に都合が悪いのかと確かめた。

「…古賀さんに…都合が悪いって言ったんですよね？　何か…用でも？」

「……」

「桜庭さんは…」

もしかしたら、俺を避けるために断ったのではないかと聞こうとしたのだが、桜庭さんは何も言わずに背を向けて歩き始める。すぐに俺はその後を追いかけた。古賀さんのこともだけど、川満さんのことも確かめなくてはいけない。

そんな決意を抱いて後をついていくと、桜庭さんは廊下の突き当たりにある部屋の前で立ち止まった。部屋に表札の類いはなかったが、もしかすると、あの彼の部屋なのかもしれないと思いついた。

それから、気づくのが遅い！　と自分自身に突っ込みを入れる。

「…！」

もしも部屋から彼が出てきたら…。桜庭さんと一緒にいるのを咎《とが》められるに違いない。俺に疚《やま》しいところはないけれど、桜庭さんの方は…たぶん、違う。さっき抱きしめられたのだって錯覚なんかじゃない。

そんなことが彼にばれたら…。脅迫材料を握られている俺は動揺し、「桜庭さん！」と焦った声で名前を呼んだ。

「あ…あの、もしかして…ここって…あの…彼の？」

桜庭さんは恵比寿の方に住んでいると聞いた。彼とは二度、一階で会っているし、彼の部屋である可能性は高い。しどろもどろで確認する俺を、桜庭さんは怪訝そうに見て、「彼？」と聞き返した。

「前に…会った…人です」

桜庭さんにキスしていた人だとまでは言えなかったが、俺が誰を指しているのかは通じたようで、桜庭さんは「ああ」と頷く。まずい。だったら、俺は身を隠さなくてはいけない。

「あ、あの、俺……あの人とは…会えないので…」

桜庭さんの考えを確かめたかったんだけど、ここは退散するしかない。インターフォンを押すのを待ってくれと頼もうとした俺に、桜庭さんは少し困ったように眉を顰めて言った。

「あいつは留守だ」

「あ…ああ、…そうですか……」

だったらよかった…とほっとする俺の前で、桜庭さんは鍵を取り出した。桜庭さんはあの彼を友人だと言ってたけど、合鍵を持つほどの親しい相手なのか。彼の方が想《おも》いを寄せていても、桜庭さんは相手にしていないように見えたので、意外に思った。

小さく驚いている俺の前で、玄関のドアを開けた桜庭さんは中へ入っていく。それが閉まりきる前に押さえ、「ちょっと待ってください」と声をかけた。

「あの…俺……聞きたいことが…」

「……。入れよ」

桜庭さんが仕方なさそうに言うのに、すぐには頷けず、固まる。だって、桜庭さんの部屋ならともかく、あの彼の部屋なのだ。躊躇《ちゅうちょ》する俺の気持ちを読んだ桜庭さんは、彼は明日まで帰ってこないのだと言った。

「旅行に出てるんだ。だから、魚の様子を見て欲しいと言われてて…」

理由があって訪ねてきていたのだと聞き、桜庭さんが合鍵を持っているのも納得する。なるほど…と頷く俺に、桜庭さんはそれ以上言わず、先に中へ入っていってしまう。彼が旅行に出ていると聞いても、迷う気持ちは残っていたが、桜庭さんに話したいことがあったのも事実で小さく息を吐いて決めた。桜庭さんの真意を確かめたらすぐに帰ればいい。そう思って、「お邪魔します」と小声で呟き、玄関のドアを閉めた。

桜庭さんの部屋に上がるとしても緊張したと思うけど、あの彼の部屋なのだと思うと、緊張もさることながら、戸惑う気持ちも大きかった。部屋の造りは泰史のところよりもコンパクトで、居間も半分くらいの広さだ。といっても、泰史の部屋が広すぎるのであって、十分に広い。

「…一人暮らしなんですか？」

「ああ」

桜庭さんは頷き、俺にソファへ座るよう勧め、奥のキッチンに入っていく。男の一人暮らしとは思えないほど、綺麗に掃除されていて、インテリアも凝っていた。シンプルかつ、モダンな家具が並んだ部屋はインテリアショップのショウルームを丸ごと持ってきたみたいだ。

はあ…と感心しつつ、黒い革張りのソファに座る。居間の壁際には熱帯魚の水槽が置かれていて、桜庭さんが様子を見に来ていたというのはあれだとわかる。色とりどりの熱帯魚だけでなく、揺らめく水草も綺麗で、思わず立ち上がって水槽の傍に近づいた。

「…興味があるのか？」

綺麗だなと思って見ていると、桜庭さんの声がして振り返る。俺のために飲みものを探してくれていたようで、桜庭さんは初めて見るペットボトルをテーブルに置き、Lの字型になっているソファの端に座った。

「あいつは変なものしか飲まなくて…。酒以外はそれしかなかった」

「わざわざすみません」

気遣ってもらったのが申し訳なく、ソファに戻ってペットボトルを手にする。イタリア製の炭酸水って書いてあるのを見て、なるほどなと感心した。確かに彼はちょっと変わったものを好みそうな感じだ。

それをテーブルに戻すと、視線を感じて桜庭さんを見る。聞きたいことがあると言ってここまでついてきたのは俺の方だ。彼は戻ってこないかもしれないけど、留守中に上がり込んでいる身の上としては、早めにお暇《いとま》するべきで「あの」と切り出した。

「古賀さんが…桜庭さんに会いたかった理由って…わかってますか？」

「……」

「川満さんの件なんです。俺も同席してくれって言われてて…。川満さんから、会社を立ち上げるっていう話を聞いたと思うんですけど…」

確認する俺に、桜庭さんは微かに眉を顰めて「ああ」と頷いた。桜庭さんに明確な理由があるのなら…他に就職するつもりだとか、別にやりたいことがあるとか…はっきり言うはずだと、古賀さんは言っていた。俺も同じ考えで、同時に、もしかしてという思いが頭から消えなかった。

もしかすると…桜庭さんは俺のことを気にしていて、川満さんの誘いを断ったんじゃない

か…？

「川満さんは桜庭さんを高く買っていて…桜庭さんが一緒にやってくれたら力強いって思っ

てるんです。川満さんだけじゃなくて、古賀さんも陣内さんも…皆、桜庭さんが一緒ならっ

て言ってました。……どうして…無理なんですか？」

「……」

「…他に…やりたいことがあるとか…？」

窺うように聞くと、桜庭さんは小さく頭を振った。続けて、すでに他の会社を当たってい

るのかと聞いたが、桜庭さんは同じように否定した。

だとしたら…。俺の推測は当たっているのかもしれないという思いが強くなり、言葉が続

けられなくなる。桜庭さんが断ったのが…俺のせいなら…。どうしたらいいのかわからなく

て黙っていると、桜庭さんが溜め息をつく。

俺から微妙に視線を外したまま、桜庭さんは躊躇いがちに口を開いた。

「…川満さんの商品開発に関する能力は買っているが、経営となると未知数だ。仲宗根さん

の件もあったし、リスクを冒してまで川満さんに賭《か》けようとは思えない」

「確かに…グリーンフィールズはよくない終わり方をしてしまうと思うんですが…。それでも、楽しくなかったですか？」

「会社は楽しいだけじゃやっていけない。文化祭じゃないんだぞ」

「……」

それは…俺だってわかってるけど、楽しい以外に言葉が見つからなかった。他にどう言えば桜庭さんに伝わるのかわからなくて、黙っていると、桜庭さんが立ち上がる。そのままキッチンへ行ってしまい、一人になった俺は深々と息を吐いた。

「……」

あれが桜庭さんの本音なのかな？　でも、未知数っていうのは桜庭さんだけじゃなくて、皆が思っている。実際、昨日の夜もリスクに関する話題はたびたび出ていた。断る理由としては真っ当な内容なのに、どうして桜庭さんは直接川満さんに言わなかったのか。

やっぱり疑問は解消されなくて、腕組みをして考え込んでいたのだが、桜庭さんがちっとも戻ってこないのが気になり始めた。トイレにでも行ったのかな？　けど、それにしても遅い。

何をしてるんだろう…と不思議になり、俺は立ち上がってキッチンを覗きに行った。すると…。

「…桜庭さん…？」

アイランド型のキッチンで、カウンターの前に立っている桜庭さんは俺の方に背を向けていた。声をかけると驚いたように振り返る。その手にはショットグラスがあり、手元にはバーボンの瓶が置かれていた。

「……？」

あれ？　桜庭さんはお酒が飲めない…はずなんじゃ？　怪訝に思いながら近づいて行くと、桜庭さんは慌ててグラスと瓶を持ち、言い訳しながら俺から逃げるように、カウンターの向こう側へ回り込む。

「ち…違うんだ。これは……」

「桜庭さん、お酒飲めないって言ってませんでしたっけ？」

「……」

尋ねる俺に答えず、桜庭さんはグラスをシンクに、バーボンの瓶を背後の棚に置いた。そのまま俺の方に背を向けて沈黙する桜庭さんは、背中を見ているだけでも苦悩しているように感じられた。

これは…何か事情があるに違いない。それも…聞いちゃいけない種類のやつだ。たぶん。そう判断したものの、そこで「じゃ失礼します」とは言えなかった。本当に聞きたいことが聞けていない。

迷いながらも、背中を向けたままの桜庭さんに問いかけた。

「桜庭さんが断ったのって…本当にリスクを嫌ってなんですか?」

「……」

「だとしたら…川満さんにどうしてそう言わないんですか? 川満さんだってそれはよくわかってると思うし、話し合う余地だってあると思うんです。川満さんが…川満さんだけじゃなくて、古賀さんも、桜庭さんが断る理由をはっきり言わないのを不思議に思ってるんです。桜庭さんは…そういうところを遠慮するような人じゃないから…」

リスクを負いたくないという理由を川満さんたちに告げないのは、それが本心ではないからなのでは? そう疑いながら桜庭さんの背中を見つめていた俺は、小さく息を吐いてから「もしかして」と続けた。

「俺の…せいですか?」

「……」

「俺が一緒だと……気まずいから…、断るんですか?」

桜庭さんは答えなかったが、だからこそ、当たっているのだと感じられた。やっぱり…と思うのと同時に、困った気分になる。だって、桜庭さんは有能で、川満さんとか皆にとって必要な人だ。なのに、俺のせいで…。

俺より、桜庭さんの方がずっと役に立つのに…。そう思ったら、自然と桜庭さんにお願いしますと頼んでいた。

「川満さんたちの力になってあげてください。どうなるかはわからないけど、俺はきっとうまくいくと思うんです。川満さんも、古賀さんも、陣内さんも、皆、実力のある人たちです。俺は…別の道を探しますから。桜庭さんは…」

川満さんたちと一緒に…と言いかけた時、桜庭さんが急に振り返った。眉を顰めた真剣な表情は怖いくらいのもので、思わずたじろいでしまい、先が続けられなくなる。

「…そ…の……」

「どうしてお前が…別の仕事を探さなきゃいけない?」

「だって…俺より、桜庭さんが仲間に入ってくれた方が、川満さんたちのためになります」

仲間に数えてもらっていたのは嬉しかったけど、客観的な目で見て、俺と桜庭さんなら桜庭さんの方が絶対に必要だ。桜庭さんにとって俺の存在がネックなら、俺が遠慮するしかない。

それで川満さんたちの会社がうまくいくのなら。そう思って「お願いします」と再度、桜庭さんに川満さんたちへの協力を頼んだ。

「……」

桜庭さんは顰めっ面で俺を見ていたが、何も言わなかった。でも、断らないってことは了承してくれたのだろうと考え、小さく息を吐く。元々、川満さんたちのお荷物になるんじゃないかと恐れてもいたのだからちょうどいいと考えよう。

そう思って小さく笑い、「失礼します」と言って頭を下げた。そのまま玄関へ向かおうとして、居間に荷物が置きっ放しなのを思い出す。しまったと思い、取りに戻ろうとしたところ、後ろから腕を掴まれた。

「っ…！」

驚いて声を上げる間もなく、抱きしめられ、さらにキスされていた。相手はもちろん、桜庭さんだが、信じられない思いが強く、思考も身体も硬直してしまう。え…どうして？　なんでこんな展開に？

「…⁉」

理解できずにされるがままだったのだけど、深く口づけられると同時に、強い酒の味も伝染されて、酔いそうになる。強いアルコールの味と香りはさっき桜庭さんが手にしていたバーボンのものに違いない。

それはわかるんだけど…。こんなに強烈に伝わってくるなんて、桜庭さんはどれだけ飲んだんだろう？　もしかして、ふいにいなくなった桜庭さんが戻ってこないのを心配して、俺がキッチンを覗くまでの間、ずっと飲んでいたのでは…。

そんな推測を立てながらも、もう一方では次第に状況を把握し始めた脳が、いけないと警鐘を鳴らし始めていた。桜庭さんとキスしてる。しかも…ものすごく、激しいやつだ。

「っ……ん……っ…ふ……っ」

言葉にして考えてみると、焦りが高まってきて、桜庭さんを追いやろうと力をこめて彼の身体を押した。しかし、段違いに体格のいい桜庭さんを突き放すことなどできず、必死で声を上げようとする。

「…っ…ん…っ…や……っ」

やめてくださいと言おうとしても、桜庭さんの唇が離れないからまともな声が出ない。次第に息苦しくなってきて、頭が朦朧《もうろう》とし始める。けど、ぼんやりとしてくる中で、新しく生まれている感覚があった。

強引な口づけなのに、桜庭さんのキスは巧《うま》かった。長く口づけた経験は乏しい上に、快楽にも遠い生活を送っていたから、余計な感覚が生まれるのを防げない。まずいと真剣に思って、桜庭さんの胸を拳で叩く。

それでようやく桜庭さんは俺の抵抗に気づいてくれ、キスをやめてくれた。

「っ…は……あ…っ…。…な…何する…っ…」

「好きだ」

「え…?」

「好きなんだ」

桜庭さんにつき合ってくれと言われ、そういう対象で見られているのだと理解した。けど、面と向かって告白されるとは思ってもいなくて、ぽかんとしてしまう。それに展開的にもよくわからない。

俺と一緒に働くのが気まずいのだと思い、自分は身を引くから川満さんたちを助けて欲しいと頼んだ後の…これだ。それに桜庭さんはつき合ってくれと言ったものの、その翌日には自ら発言を撤回している。

それなのに…どうして、今頃？　唖然《あぜん》とする俺を桜庭さんはぎゅっと抱きしめた。肩に顔を埋め、耳元で「好きだ」と繰り返す。

「あ…の……」

好きだと何回言われたとしても…俺にはそういうつもりはない。そういう自分の気持ちをどうやって伝えればいいか。今後のことも考えて、穏便に伝える方法を考えていたところ、突然、身体が宙に浮いた。

「っ…えっ…？」

抱きしめられたまま桜庭さんに運ばれているのだと気づいた時には、居間のソファに横たえられていた。覆い被《かぶ》さってくる桜庭さんに再びキスされ…。

本格的に自分の身が危ないのを、俺はそこで真剣に気づいたのだった。

「ちょ…待って…桜庭さんっ…！」

穏便に…と考えていた自分がバカだったと後悔し、必死で抵抗を始めたのは、淡々と服を脱がせてくる桜庭さんに躊躇がなかったからだ。ていうか、桜庭さんが酔っているのは間違いないという確信が持てていた。

キッチンで見た時、バーボンは半分ほどなくなっていた。もしも、あれが新しい瓶だったとしたら、酔っても当然の量を飲んだことになる。それは桜庭さんの酒臭さからも立証できている。

「桜庭さん…っ…やめ…っ……んっ…」

こんなことはまずいと言おうとしても、声を上げる唇を塞がれてしまってかなわない。声が出せないなら、腕力で…といきたいところだが、体格差は腕力差でもある。全力で腕を摑んでも桜庭さんは全然こたえていないようで、するするデニムを脱がされてしまう。

「っ…」

下着の上から硬くなりかけているものを摑まれると、身体が大きく震えた。桜庭さんとのキスはありえないことで、感じてはいけないという気持ちはあっても、刺激に反応してしまうのが止められない。

情けない思いで息を吞み、眉を顰める。厭だと伝えたくても方法がなくて、どうにもならないやりきれなさに腹が立つ。なのに…なんで、反応してるんだと、自分自身にも苛立《いらだ》った。

「…っ……ん……」

けど、自分を責めながらも、桜庭さんのやり方が巧すぎるから仕方ないじゃないかという思いもあった。嵐《あらし》に巻き込まれているみたいな強引さなのに、触れてくる手は優しくて、キスも巧い。

いけないという思いに反し、いつしか俺のものは桜庭さんの手の中で形を変えていた。ぎゅっと握られると下腹部が重くなり、せつない気分になる。

「…は……あ……っ」

唇が離れた隙間に漏れた吐息は、自分でも甘いものであるのがわかった。その音にどきりとして我に返り、ダメだと強く思う。

再び唇を重ねようとする桜庭さんを防ぐために、両手で顔を覆い、離れてくれるよう訴えた。

「っ…ま、待ってください。俺…こんなの無理ですから…っ…、放して…」

「好きなんだ」

「だから…っ…」

桜庭さんが何度好きだと繰り返しても、俺には無理だ。桜庭さんだってそれを感じ取って、つき合ってくれという申し出を自分で取り消したんじゃなかったのか。理解できない気分で桜庭さんを睨むように見ると、熱い視線に射竦められる。

「……」

一瞬、どきりとして何も言えなくなった俺の隙を突くようにして、桜庭さんは再び唇を塞いだ。息も継げないような激しいキスに翻弄《ほんろう》され、頭の芯《しん》まで熱くなるような錯覚に陥る。ダメだって思うほどに感じてしまって、形を変えたものからは液が溢れ出しているのが自分でもわかり、せつなくなる。

「ん…っ……ふ……っ…」

布地の上から弄《いじ》っていた桜庭さんの手が、直接触れてきているのに気づき、はっとする。キスに惑わされているうちにいつの間にか下着を脱がされていた。慌てて、桜庭さんの手を摑んでやめさせようとするけど、まったく敵わない。

「…っ……や…っ…だめ、だ…って…」

「…どうして？」

「っ…桜庭さん…っ」

どうしてなんて、理由を聞く桜庭さんが憎くさえ思えて眉を顰める。恥ずかしながら感じているのは事実だけど、桜庭さんとこんなことをするべきじゃないという思いは強い。いや、それよりも。男とこういう真似をするのがありえない。

「…もしかして……っ…誤解して…ないですか…っ…？」

「何が？」

「俺は……っ…ゲイじゃないです…っ」

泰史と俺がつき合っていると誤解していた桜庭さんに、それを否定した後、つき合ってくれと言われた。その時は驚きすぎて何も言えずに別れ、次の日に桜庭さんが発言を撤回したから、ほっとしたんだけど…。

俺は桜庭さんが泰史を女の子だと勘違いして、つき合っていると思ったのだと考えた。しかし、泰史も言っていたように…泰史が女装した男だとわかっていての誤解だったら？　桜庭さんは俺をゲイだと思い込んだままなのではないか。

泰史の事情を話して、はっきり否定しておくんだったと後悔しながら、自分は違うのだと否定してみたけれど、桜庭さんは動きを止めようとしない。

その上…。

「っ…⁉」

上に覆い被さっていた桜庭さんが起き上がり、退《ど》いてくれるのかと安堵しかけたのも束の間、股間《こかん》に顔を埋められた。まさかと思った時には温かな感触に包まれていて、ざわりと背筋がそそけ立つ。

「あ…っ…」

思わず漏れた声は小さくても甘い響きが含まれていて、眉を顰める。桜庭さん相手に感じちゃいけないと思うのに。ここまでダイレクトな快楽を与えられてしまうと、どうにもならなかった。

「…っ…や…っ…桜庭さん…っ…、やめて……っ」

本当にまずいと髪を摑んで真剣に訴えても、桜庭さんの耳には届かない。なんとかして逃れようと身体を動かそうとしてみるものの、がっちり脚を抱え込まれていて身動《みじろ》ぎすらできなかった。

それに…桜庭さんはすごく巧くて、ダメだって思いながらも、何も考えられなくなっていった。口の中に含まれるだけでも感じるのに、舌で弄られたり、唇を使って扱《しご》かれたりすると、いやでも硬さが増していく。

「ん…っ……あ……は…っ」

桜庭さんを押しのけようとしていた手が、添えるだけになってしまっているのが自分でもわかって辛くなる。やめて欲しいという思いより、達したいという欲望の方が強くなっていくのがせつなかった。

こんなことされたら…。激しいキスをされてぼうっとなってしまった時と同じ言い訳が頭に浮かぶ。仕方ないで済ませられることじゃないのに。桜庭さんよりも、自分自身を責める気持ちが大きくなる。

それなのに。

「っ…ん…っ……あ…」

勃《た》ち上がっているもの全体を舌で舐《な》められる感覚にぞくりとし、次に先端を唇で吸い上げるようにして愛撫《あいぶ》された刺激で、昂《たかぶ》りが破裂してしまう。あっと高い声を上げ、身体をぎゅっと強張らせた俺の脚を抱え直して、桜庭さんは液を溢れさせているもの全体を口で含んだ。

「は……っ…あ…」

溜まった欲望を吐き出し、靄《もや》がかかったみたいだった頭が少しずつクリアになっていく。まずい。桜庭さんに口でされて…いってしまったなんて。しかも…口の中に出してしまったとか…最悪としか言いようがない。

無理強いをしてるのは桜庭さんでも、誘惑に負けたのは自分だという意識があって、絶望的な気分だった。どうしよう。これは…取り敢えず、謝るべきだな。そう思って声をかけようとした時。

「っ…?」

ふいに起き上がった桜庭さんに、仰向《あおむ》けになっていた身体を抱え起こされる。いったばかりで頭がぼうっとしていた俺は、さっき以上にされるがままの状態で、ソファの上で俯《うつぶ》せにされた。その意味を把握できないうちに、桜庭さんが背後から覆い被さり、脚の間を探り始める。

濡《ぬ》れた感じがするのは…潤滑剤の類いを塗られているのだろうか。そんな考えが浮かぶと、目が覚めるような思いがした。

「っ…や…っ」

まさか…と思いたいけど…。いや、まさかなんて思ってる場合じゃない。リアルにやばいと慌て、桜庭さんの名前を呼んだ。

「っ…桜庭…さんっ…、や…め…っ……」

厭ですとはっきり告げようとするのだけど、ありえない部分を弄られているものだから、まともな声にならない。ぬるついた桜庭さんの指先に孔《あな》を弄られるのは、気持ち悪さを感じるのと同時に、なんとも言えない感覚があった。

ざわざわと身体の内側から何かが迫《せ》り上がってくるような…、不可解な現象に眉を顰め、「桜庭さん」と名前を呼ぶ。

「…厭…だ……、やめ…て」

本気でやめて欲しくて訴えるのに、桜庭さんはやめてくれない。なんで…と怒りを覚えて拳を握りしめると、桜庭さんが背後から首筋に口づけてくる。

「…美馬」

耳元で聞こえた声に特別な響きを感じて、背中がぞくりとする。十分いやらしいことをしているのに、それ以上に淫猥《いんわい》に思える声だった。すごくしたいと思っているのが直《じか》に伝わってくる。

けど……俺は無理だ。そう思うのに…。

「ん…っ……あ…っ」

敏感な部分を弄っていた指先が中へ入り込んでくるのがわかり、微かな声を上げて眉を顰める。そんなところから中を弄られるのは初めてで、反射的に身体が強張る。それに気づいた桜庭さんは、俺の腹を抱え上げると、いったばかりでまだ濡れているものを掴んだ。

「っ…あ……っ…や…っ…」

一度達しても完全には萎《な》えていなかったものが桜庭さんの愛撫によって復活する。自分をはしたなく思っても、淫《みだ》らな手の動きに反応してしまうのを止められなかった。

「ん…ふ…う…っ」

前を弄られることで孔の中に入れられた指の存在を忘れかけていた。けど、桜庭さんの指がある部分に当たると、激しく感じてしまい、無意識で高い声を漏らしていた。

「あっ…！」

自分でもどうして…と疑問に思うほどの声で、恥ずかしさに頬が熱くなる。なのに。

「…感じるのか？」

「っ……ちが…」

桜庭さんが臆面《おくめん》もなく確認してくるのに、眉を顰めて否定しようとする。けど、同じ場所を弄られると、また声が漏れた。

「あっ」

「隠さなくていい」

小さく笑って、桜庭さんは項《うなじ》に唇を這《は》わせる。内側で感じた快感は全身を熱くしていて、唇の小さな動きもたまらなく感じられた。何より、中にある指が辛いように思えて、桜庭さんに訴える。

「っ…いや……っ……もう…」

弄るのをやめて欲しいと首を振る俺に、桜庭さんは吐息だけで答えて、孔に入れていた指を抜いた。それでようやく身体の強張りも取れ、ほっと息を吐く。中にはまだじんじんしているような感覚が残っていたけど、そのうち消えると思い、桜庭さんが背中から退いてくれるのを待った。

俺が厭がっているのがやっと通じて、放してもらえると思っていたのだ。でも。

「…あ……」

桜庭さんの気配は消えず、それどころか、腰のあたりに硬いものが当たっているのを感じて竦み上がる。これって…もしかして…。いや、もしかしなくても…。

「さ…桜庭…さん…っ」

桜庭さんは本気でその気なのだとわかり、これは死ぬ気で逃げるしかないと決意したものの、時は遅かった。腹を抱え上げられ、濡れた孔に熱いものをあてがわれる。厭だと告げる間もなく、桜庭さんが中に入り込んできた。

「っ……あ…っ…！」

身体を開かれる感覚は経験したことのないもので、全身が強張った。指を入れられた時は不快感の方が強かったけれど、桜庭さん自身が入り込んでくるのは、圧迫感が桁違《けたちが》いで呼吸もできない。どうしたらいいのかわからなくて固まる俺に、桜庭さんは優しい声で指示を出す。

「…美馬…、息を吐いて」

「っ…や…っ…」

「その方が楽だ」

そんなこと言われたって…と頭の中で反論しながらも、桜庭さんに従うしかなく、必死で息を吐き出した。少しでも楽になるなら…と思って長く息を吐いているうちに、桜庭さんがさらに奥まで入ってくる。

「…あ……ふ…」

最初に感じたものすごい圧迫感は薄くなりつつあったのだけど、戸惑いは深まる一方だった。桜庭さんが…俺の中にいる。

そんな事実を頭に浮かべると、自然と涙がこぼれていた。自分が情けなくて泣けてきたのだと思う。こんなふうに…一方的にやられてしまうことなんて…、自分にはありえないと思っていたのに…。

「…っ……ん…は…あっ」

それに、意志とは反して身体が快楽を覚えているのを、認めたくもなかったからだと思う。痛くて辛くて…それだけだったら、何もかもを桜庭さんのせいにしてしまえたかもしれないのに。

後悔と複雑な思いに囚《とら》われながらも、桜庭さんとの行為から生み出される感覚に翻弄され、自分がばらばらになってしまいそうだった。


桜庭さんが俺の中でいくまでの間に、俺もまた達してしまい、いつしか気を失っていた。そのまま眠り込んでしまった俺がはっと目覚めて、一番に目にしたのは桜庭さんの寝顔だった。

「…！」

驚いて大声を上げそうになったのをすんでのところでこらえ、自分の置かれている状況を確かめる。俺と桜庭さんが寝ていても十分な広さのあるベッドは…たぶん、彼のものだろう。ぐっすり眠っている桜庭さんを起こさないよう、そっとベッドを抜け出し、薄暗い寝室を出てドアを閉めた。

「はあ…」

どうやってことが終わったのかはさっぱり覚えていないが、桜庭さんがベッドに運んだに違いない。とにかく、服を着ようと思い、半裸のまま居間に向かった。脱がされた服はソファの横に落ちていて、それを拾い上げて身に着ける。

それからデイパックとプリンの入った袋を持ち、物音を立てないように気をつけて、玄関に向かった。桜庭さんとは顔を合わせたくなかったので、彼が眠っているのは好都合だった。

エレヴェーターのボタンを押してからスマホを取り出し、時刻を確認した。ものすごく長い時間だったように思えたけど、まだ十時にもなっていない。苦い思いで開いたドアからエレヴェーターに乗り込み、最上階のボタンを押す。

本当は誰とも会いたくないけれど、泰史にプリンを渡さなきゃいけない。たぶん泰史は仕事をしてるだろうから、冷蔵庫に入れて声をかけずに帰ろう。そう決めて、泰史の部屋を訪れた。

合鍵を使って部屋に入り、まっすぐキッチンへ向かう。冷蔵庫にプリンをしまい、ドアを閉めた時だ。

「詠太?」

「っ…」

いつもなら気配とか物音で気づいたはずなのに、わからなかったのは疲れ果ててぼんやりしていたからなのだろう。驚いて振り返る俺を見て、泰史は「ごめん」と詫びた。

「驚かせた?」

「…いや……」

「玄関の開く音が聞こえて……、どうした？」

普通にしてるつもりだったけど、俺の顔は相当強張っていたらしい。異変に気づいた泰史の顔はいつもと違って真剣なものだった。泰史にも…誰にも言えないことだから、しばらく一人でいたいと思っていたのに。

何かあったのかと心配してくれる泰史に、緩く首を振ってなんでもないと答える。

「なんでもないようには見えないって。何があったんだよ？」

「……」

「詠太」

泰史が心配してくれるのはありがたくても、やっぱり言えない。少なくとも、今は絶対に話したくない。さっきと同じように首を振り、「帰るわ」と告げた。しかし、泰史は俺の腕を摑んで放さなかった。

「ダメだって。話すまで帰さない」

「泰史…」

「詠太だって同じこと、言うと思うよ？」

困ったような泰史を見ていたら、涙がじわりと溢れてきた。泰史をこれ以上、心配させちゃいけないのに。精神的な負担は仕事の不調にも繋がるから…。そう思うのに、涙が止められなくて、不安が泰史に伝染してしまう。

「ちょ…どうしたんだよ～？　詠太が泣くなんて…！」

「ご…ごめん…」

「泣くなって。大丈夫だって。よくわからないけど、大丈夫だって！」

どうやって慰めたらいいのかわからず、おろおろする泰史に大丈夫と返事をしてから、手の甲で涙を拭《ぬぐ》って、泊まっていってもいいかと尋ねた。本当は泰史にも声をかけずに家に帰るつもりだったけど、その方が泰史を心配させなくても済む。

泰史はもちろんと二つ返事で頷き、寝室のベッドで休むよう勧める。眠るのはソファで大丈夫だと答え、風呂を貸して欲しいと頼んだ。

「わかった。今、お湯を溜めてくるから！」

「大丈夫だよ。自分でできるから…。やっくんは仕事しないと…」

「でも…」

本当に大丈夫…と繰り返し、小さな笑みを浮かべた。泰史は困った顔で俺を見ていたが、しばらくして「わかった」と納得して仕事部屋に戻っていった。

泰史がいなくなると、デイパックをソファのところに置き、浴室に向かった。泰史の部屋の浴室はうちみたいなユニットバスではなく、ジェットバスつきの広々とした浴槽に洗い場もあり、シャワーブースまで別についている。

浴槽に湯を溜めながら身体と髪を洗って、シャワーで泡を流した。桜庭さんに触れられたのを思い出さないようにしたいのに、どうしたって無理な話で、涙がこぼれないようにするのが精一杯だった。

湯の溜まった浴槽につかると、少しだけほっとできて吐息が漏れた。でも、それも一瞬のことで、すぐに不安と困惑で頭の中がいっぱいになる。

「…どうしよう……」

桜庭さんにつき合ってくれと言われた時には驚いたけど、こんなことになるなんて、思ってもいなかった。桜庭さんが…あんな強引な真似をする人だったなんて…。考えるほどにショックが増して、湯あたりしてしまいそうだったので、早々に浴槽から上がった。

洗い場を出ると、洗面所のところにタオルと着替えが用意されていて驚いた。泰史がどれだけ俺を心配してくれているのかがわかって、申し訳ない気分になる。これじゃ、立場が逆転してしまってる。反省しながら、泰史が貸してくれたスウェットに着替えたのだが…。

「……ちょっと…微妙…」

ありがたい気持ちは大きいんだけど、赤い星柄っていうのはどうも…手放しで喜べない。鏡に映った自分を複雑な心境で見てから浴室を出て、居間へ向かった。

居間のソファにも毛布が用意してあって、心の中で泰史にお礼を言いながらソファに横になった。毛布を被って頭の中のもやもやを振りきって目を瞑《つぶ》る。あれこれ考えて眠れないかと恐れていたけど、疲れていたせいもあるのか、間もなく熟睡していた。

ぐっすり眠り込んでいた俺が目を覚ましたのは、部屋のインターフォンが鳴ってる音に気づいたからだ。はっとして起き上がり、ソファを下りようとすると、床の上に誰かが寝ているのが見えて驚く。

「っ…⁉」

危うく踏みそうになった足を上げ、よく見れば、泰史だった。仰向けで胸の上で手を組み合わせ、すやすやと眠っている。どうしてこんなところで…と訝しんだけど、すぐに自分のせいだとわかった。

泰史は俺が心配で仕方がなかったに違いない。ごめん…と呟き、泰史を起こさないようにそっと跨《また》いで玄関へ向かう。泰史の部屋を訪ねてくる相手は限られているから、編集の牟田さんだろうと思い、玄関のドアを開けた。

「はい…」

牟田さんはよほどのことがない限り、直接訪ねてきたりはしないとわかっていたのに勘違いしてしまったのは、寝起きで頭がぼんやりしていたからだ。無防備な状態で俺が開けたドアの向こうには、牟田さんではない人物がいた。

「‼」

ひっと息を呑んで、慌ててドアを閉めようとする。相手を確認しなかった自分を後悔して、勢いよくドアを閉めた…つもりだったのに、実際にはドアとドア枠の隙間に足が挟まれていて、閉まりきってはいなかった。

「ちょっと！　何すんのよ？　痛いじゃない！」

「っ…足を抜けばいいじゃないですか！」

「あんたに話があるのよ！」

「俺にはありません！」

あろうことか、泰史の部屋を訪ねてきたのは、桜庭さんにキスをしていたあの彼だったのだ！　どうして彼がここを訪ねてきたのかはわからないけど、目的は俺だとしか考えられない。実際、俺に話があると言う彼に、きっぱり用はないと告げ、ドアを閉めようとするのだけど…。

「っ…離して…くださいって…！」

「話を…聞きなさいよ…！」

力比べみたいにドアを引き合っていたのだが、細くても上背のある彼の方が強かった。力負けしてしまい、ドアを大きく開けられてしまう。勝ち誇ったような笑みを浮かべて俺を見下ろす彼に、悔しさを滲《にじ》ませつつ、帰ってくださいと言い放つ。

「ここは俺の部屋じゃないし…迷惑です…！」

「迷惑？　迷惑を被ってんのはあたしの方よ？　あんたがとろとろしてるお陰で箱根《はこね》から呼び戻されたのよ？」

「とろとろって…」

どういう意味だ…と俺が眉を顰めた隙に、彼は玄関へ入り込んできた。さっさと靴を脱ぎ、俺の脇を抜けて廊下を進む。俺の部屋じゃないと伝えているし、迷惑だとも言ってるのに、どうして通じないのか。

苛つきながら彼の後ろを追いかけ、これ以上勝手な真似をするなら、警察を呼ぶと叫んだ。それを聞いた彼は驚いた顔で振り返り、オーバーリアクションな感じで肩を竦める。

「警察？　あたしは外でできる話でもないから上がらせてもらっただけよ。呼びたいなら呼べばいいけど、その前に話だけさせてもらうわ」

「ですから…」

話をするつもりはないのだと繰り返そうとした時、彼の背後にあるドアが開いた。居間に続くドアから顔を覗かせたのは泰史で、眠そうに目をこすって「詠太？」と俺の名を呼ぶ。

だが、目の前に立っているのが俺じゃないと気づき、飛び上がって驚いた。

「っ…誰っ…⁉　…あっ…！　この前の‼」

「やっぱり…あんたの部屋だったのね」

「え、え、詠太、どうしてこの人が…⁉」

俺も経緯はさっぱりわからなかったけど、取り敢えず、泰史にごめんと謝った。彼が現れたのは桜庭さんの一件が関係しているに違いないと確信していたからだ。他に彼が俺を探してやってくる理由は見当たらない。

彼は泰史に「ふん」と小さく鼻息を吐いてから、堂々と居間へ入っていった。何を言っても聞かない様子なのに諦めをつけ、俺も泰史と一緒に居間へ入る。よく知らない相手が自分の部屋にいるという事実に、泰史がおろおろしているのがわかって、これ以上動揺させないためにも、話なら外で聞きますからと伝えた。

だが、彼は頷かず、その代わりに居間の中央にいきなり正座した。そして。

「ごめんなさい。この通りだから、コズを許してやって」

「⁉」

突然、彼が土下座して謝ったのを見て、俺と泰史は目が点になった。初対面の時から高飛車で、土下座なんてひっくり返ってもしそうにない人なのだ。呆気に取られて何も言えないでいる俺たちに、彼は額を床につけたまま、桜庭さんを許して欲しいと繰り返した。

「コズに悪気はなかったの。本当に反省してるから…どうか、許して」

「…あ…あの……」

彼が許して欲しいと頼んでいるのは…おそらく、昨夜のことだ。他に許しを請われるような出来事に心当たりはない。でも、だとしたら……彼は知っているのだ！　そこでようやく重大な事実に気がつき、真っ青になる俺に、泰史が小声で聞いてくる。

「コズって誰？」

「……」

「許してって…どういうことだよ？」

彼が「コズ」と呼ぶ相手が桜庭さんだということさえ、泰史はわかっておらず、怪訝そうに首を捻る。泰史にはいずれ話さなきゃいけなくなるかもしれないとは思っていたけど、今、この状況で説明したくはない。

「や…やっくん…、ちょっと向こうに…」

しかし、泰史に席を外すよう頼もうとした俺を、彼の叫び声が邪魔する。

「許してくれるの？　くれないの？　どっちなの⁉」

「……」

相変わらず、彼は土下座を続けたままなのだけど、口にしている台詞は姿勢に似合わないものだ。確かに、平身低頭謝るなんて彼には似合わない。それに誰かに代わって謝るというのも。

桜庭さんは彼を友人だと言ってたけど、どういう友人なのかまでは聞いていない。かなり深刻な問題…桜庭さんにとって問題なのかどうかはわからないけど…を打ち明け、謝りに行

ってくれと頼むような間柄って、相当な親密さを感じる。

キスしていたのもあるし…もしかして…と、彼の後頭部を眺めながら考えていた俺だが、その間も、彼はおでこを床につけていたわけで…。

「ちょっと、どっちなのか、答えなさいよ？　いつまでこんな格好させておくつもり？」

「……」

土下座のまま逆ギレする彼に呆れて、「頭を上げてください」と声をかける。許すとか許さないとかっていう問いには答えられないけど、土下座でキレてる彼と話すのも面倒だ。眉を顰めて顔を上げた彼は、俺と泰史を神妙な表情で見比べて尋ねた。

「…一つ、確認したいんだけど」

「なんですか？」

「あたし、あんたはゲイじゃないって思ってたんだけど…やっぱり、そいつとつき合ってるの？」

「!?」

つき合ってるって…!?　彼の問いかけは俺にとっても泰史にとっても青天の霹靂《へきれき》というやつで、二人揃って飛び上がる。その後、二人で思いきり首を横に振った。

「ち、ち、違います！」

「な、な、何言ってんの？　この人！」

意味不明…と貶す泰史を、彼はぎろりと睨みつける。その視線に怯えて慌てて俺の背後に隠れた泰史を指しながら、従兄弟なのだと説明した。

「従兄弟?」

「はい。俺の母と泰史の母親が姉妹で…。俺たちは静岡の出身で、東京には他に身内はいないので親しくしているだけで…」

「お、俺はこういう格好してるけど、ゲイじゃないから!」

間違えないで欲しいと、あくまで俺の背後から泰史が訴えるのを聞き、彼は怪訝そうな顔つきになった。正座から立ち上がり、足が痺《しび》れたと舌打ちをしてから、腕組みをして考えているような素振りを見せる。

そんな彼に、俺も確かめたかったことを聞いてみた。本当は泰史のいない場所で聞きたかったけど、確かめるきっかけを逃したくなかった。

「そ…そちらこそ、桜庭さんとつき合ってたんじゃないですか?」

桜庭さんは友人って言ってたけど、こんなふうに謝りに来るなんて、実は深い関係があったのではという疑いが生まれていた。しかし、そう聞いた直後に別の疑問が生まれる。もしも、彼と桜庭さんが過去につき合っていたのだとしたら…。

俺に対して怒って怒鳴り込んできたとしても…寝取ったわね? とか言いそうだ…謝りには来ないのではないか。そんな俺の推測は当たっていたようで、彼は鼻先で笑った。

「何言ってんのよ。そんなこと、したくてもできるわけないじゃない。これでも節操はあるのよ?」

「……。どういう意味ですか?」

「あたしはコズの弟よ。双子の」

「‼⁉」

かけらほども想像しなかった事実を聞かされ、俺は驚愕してから硬直した。彼が桜庭さんの弟? それも双子の? フリーズしたままの俺に、泰史が背後から「だから」とちょっと苛ついた声を上げる。

「コズって誰だよ?」

「あんたもこの前会ったじゃない。あたしと一緒にいた…」

目を見開いて、口も開けたままで固まっていた俺の代わりに、彼がコズの正体を泰史に教える。泰史はそれが桜庭さんとわかったようで、「ええっ⁉」と大きな声を上げた。その声で俺はようやく我に返り、興奮してばんばん背中を叩いてくる泰史に答える。

「さ、桜庭さんの…弟だって…! 弟なんだって!」

「う、うん。俺も驚いてるとこ」

「双子だって!」

「う、うん」

それにも驚いてる…と返し、窺うように彼を見る。双子っていうけど、桜庭さんとは全然似ていない。確かに、背は同じくらい高いし…、彼も鍛えれば桜庭さんみたいな体格になるのかもしれないけど…。

俺が訝しげに見ている理由がわかったらしく、彼は小さな溜め息をついてつけ加えた。

「二卵性なの。あたしはママ似で、コズは父親似なのよ」

「はあ。なるほど」

それだから似てないのか…と納得しつつも、新たな疑問が浮かぶ。だって…、だとしたら、彼は実の兄にキスしていたことになるじゃないか。節操はあるとか言ってたけど、とてもそうは思えない。

…という俺の気持ちも、彼には読めたらしい。

「だから、あの時は酔っ払ってたのよ。酔った時以外はあんな真似しないわ。したくてもコズのガードが堅くてさせてもらえないしね」

「……桜庭さんも…酔ってたんですか？」

兄弟揃って酒癖が悪いとか…？　俺は酒が飲めないという桜庭さんの言葉を信じていたけれど、昨夜、違うとわかった。席を外した桜庭さんを捜してキッチンを覗くと、バーボンを飲んでいたようで、実際、酒臭かった。

だから…実は飲めるけど、飲まないようにしているのではないか。そう疑う俺を彼は微かに眉を顰めてじっと見つめる。

「あの時は…飲んでなかったわ。……。コズはずっと禁酒してたんだけど…もしかして、あんた、コズに飲ませたの？」

「ち、違います！　桜庭さんは自分で飲んだんですよ。戻ってこないなと思って探しに行ったら、キッチンで…バーボンを」

「ありえないわ。あんたが唆《そそのか》したんでしょう？」

「違いますって！」

あくまで俺のせいにしようとする彼に重ねて否定し、桜庭さんが禁酒していたという事実を考える。やっぱり桜庭さんは自分で飲まないようにしていたようだ。健康を害しているようには見えないから、おそらく…癖が悪いとか、そういうことが理由なのではないか。

そんな推測を立てて、はっとした。昨夜の桜庭さんは…。やめてくれという俺の頼みも聞き入れず、好きだと繰り返して強引な真似に及んだ桜庭さんは、いつもの彼らしくなかった。まだ知り合って間もないけれど、その間に見てきた桜庭さんはクールだけど思いやりのある人だった。

もしかして…桜庭さんは…。

「……酒癖が…悪いとか？」

恐る恐る聞いた俺に、彼は大きな溜め息をついてから頷いた。眉間に皺を刻み、腕組みをしていた片手を頬に当てて桜庭さんの「秘密」を教えてくれる。

「すごくね。酔っ払うと誰彼構わず、やっちゃうのよ」

「‼」

「それが原因で…前の会社をクビになったのもあって、それからずっと禁酒してたのに…。あんた、コズに何か言ったんじゃないの？」

彼はさらりと話していたけれど、俺にとっては衝撃的な内容で、すぐに答えられなかった。酔うとやっちゃうって…。しかも、桜庭さんがクビになった理由がそれだったなんて…。呆然としている俺に、彼は「聞いてるの？」と苛ついた声で言う。

「っ…あ、はい…？」

「だから。あんた、コズと何を話してたのよ？　あたしの部屋で」

最後のところにアクセントが置かれているのは、留守中に上がり込んだ俺に非難する意味があるのだろう。それは謝っておかなくてはいけないと思い、俺の本意ではなかったと説明する。

「昨日、エレヴェーターで桜庭さんに偶然会って…。聞きたいことがあるって言ったら留守だから入れって言われて…。勝手に上がってすみませんでした」

「まったくよ。人の留守中に。あたしは箱根で美肌の湯につかってたのよ」

連泊する予定だったのに呼び戻されていい迷惑だと、彼は鼻先から荒い息を吐き出す。それから、具体的には桜庭さんとどういう話をしたのかとさらに聞いた。

「うちの会社が…ちょっとまずいことになって…たぶん、なくなっちゃうんです。それで、俺の上司が何人かに声かけて独立するって話になって、…桜庭さんも誘ったんですが断られてしまったんです…」

桜庭さんが断ったのは俺のせいなんじゃないかと思って、真意を確かめようとしたのだと話せば、どうして自分のせいだと考えたのかという理由も言わなくてはいけなくなる。つまり、桜庭さんにつき合ってくれと言われたあたりの話をしなくてはいけないってことで…。でも、それはいろいろまずいなと思って悩んでいると、彼は目を眇めて俺を見た。

「あんた、コズと何かあったの？」

「……」

鋭い指摘に何も言えなくなる。が、沈黙と表情だけで認めてしまったのも同じことだ。彼はますます眉を顰めて何があったのかと聞いてくるが、とても言えない。キスの写真をばらまくぞと脅され、桜庭さんに近づくなと念を押してきたような相手だ。

俺としては自ら近づいた覚えはないが…どうしてなのかわからないけど、そんなことになっていたのだ。どう言えばいいかわからず、ふるふると首を振るしかできない俺に、彼がさらに迫ろうとした時だ。

ピンポーンと部屋のチャイムが鳴る。俺と泰史は揃って飛び上がり、「お客さんだ！」と喜んだ。客なんて来るような家じゃないのはわかっていたのに、緊張した状況を少しでも打破できるような気がしたのだ。

「ちょ…ちょっと、すみません…」

玄関を見てきます…と彼に断り、背中に引っついている泰史と共に二人羽織のようにして廊下へ向かう。居間のドアを開けて外へ出ると、二人ではあと溜め息をついた。

「あの人、怖くない?」

「怖いなんてもんじゃないよ。何するかわからない人だし」

どうにかして帰ってもらわないとまずいね…と話しているうちに玄関に着く。そこで俺と泰史ははたと基本的な疑問を抱いた。

「…ところで、誰?」

「さあ」

「牟田さんと約束してたとか?」

「まさか。呼んでないよ」

ここを訪ねてくるのなんて、泰史の担当編集者である牟田さんくらいしかいないのだが、泰史は覚えがないと言う。不思議に思いつつ、さっきの反省もこめて、今度は先にドアスコープから外を覗いてみたところ…。

「…!!!」

想像もしていなかった人がいて、泡を噴いて倒れそうになった。飛び跳ねるようにしてドアから離れる俺を、泰史は心配そうに見て「誰だよ？」と聞く。俺は声が出ず、首を振るしかできなかったので、泰史は仕方なさそうに自分でドアスコープを覗いた。

「桜庭さんじゃん‼」

高級マンションだから安普請ではないけど、大声を上げればさすがに外まで聞こえる。玄関に誰かいるのだと察した桜庭さんがドアをこんこんとノックする。まだ桜庭さんと顔を合わせる自信がなかった俺は、泰史に任せて逃げようとしたものの、腕を掴まれて動けなくなった。

「っ…やっくん…放して…」

「む、無理だって。詠太の知り合いだろ？　出てくれよ！」

「俺も…無理…！」

出てくれ、無理だ…となすりつけ合っていた俺たちには、廊下を歩いてくる足音が聞こえていなかった。はっと気づいた時には居間から彼がやってきていて、俺たちの横をすり抜けて玄関のドアを開ける。

「っ…‼」

桜庭さんの姿が現れるのと同時に、俺はさっと泰史の陰に隠れた。しかし、泰史も俺の陰に隠れたいものだから、二人でぐるぐると回る羽目に陥る。必死で互いの背後を取ろうとする俺たちの前で、桜庭さんは彼を見て眉を顰めていた。

「…やっぱりここだったか…」

「コズ、飲んだんでしょう？　だったら、事故よ」

「梓《あずさ》…」

「さっさと謝って済ませなさいよ。どうせ仲宗根の会社もなくなるんだし、縁も切れるじゃないの」

桜庭さんは彼のことを「梓」と呼んだ。聞いてなかったけど、彼の名前は梓っていうんだな…と思っていると、横にいる泰史が「事故って？」と聞いてくる。

「……」

彼…梓さんが事故というのは…。昨夜の出来事を指しているに違いないけど、そんな一言で片づけられるものなんだと、愕然とした気分になった。確かに…桜庭さんにとってはそうなのかもしれない。酔っ払っていて、何も覚えていないのかもしれない。でも…。

複雑な気分が湧き上がり、泰史に答えられないでいる俺に、桜庭さんが「美馬」と声をかけてくる。俺はどきりとして思わず泰史の服を摑んだ。

「…二人で話がしたいんだ」

「……」

「頼む」

桜庭さんはやつれた顔で言い、俺に向かって頭を下げる。何も言えない俺は泰史の服を掴む力を強くした。すると、横並びに立っていた泰史が俺の前にすっと出て、庇《かば》うように立ってくれる。

「か、帰ってくれませんか？　よくわからないけど…これ以上、詠太を困らせないでください」

「…俺は美馬と話が…」

「コズ。あたしが謝ったから」

もういいのよ…と言い、梓さんは桜庭さんを後ろへ下がらせて、その前に立った。泰史と向かい合うと、ポケットから財布を取り出し、名刺を抜き取る。それを泰史に渡すと、事務的な口調でひどい台詞を吐いた。

「訴えるつもりがあるなら弁護士に対応させるから、連絡くれる？　できれば示談で済ませてもらいたいわ」

「訴える…？」

「刑事告訴は面倒よ。ちなみに男同士に強姦罪《ごうかんざい》の類いは適用されないの。傷害罪になるんだけど、そうするつもりなら早めに医者に診断書でも書いてもらった方がいいわね。そんな勇気があればの話だけど」

泰史は浮き世離れした暮らしをしているから勘は鈍いのだけど、男同士だの、強姦罪だのといった言葉を聞いて、さすがに何があったのかを悟ったようだった。ひっと息を吞んで俺を振り返り、「本当なの？」と聞いてくる。

「……………」

答えることはおろか、泰史と目を合わせることもできず、俺は俯いた。梓さんの対応は間違ってはいないのかもしれないけど、俺にとってはショックを上塗りされるようなもので、何も言えなかった。

そんな俺に代わって、怒りを爆発させたのは泰史だった。

「ふ、ふざけんなよ！　そもそも謝って済むような問題でもないだろうが！　何が許えるなら、だよ！　詠太の気持ちを考えろ、バカ！」

「考えてるからこうして詫びに来てるんじゃない。あんたの方こそ、バカなんじゃない？」

「開き直るな、オカマ！」

「なんですって～？　オカマはそっちの方でしょ？　女装なんだし」

「俺は変態行為で人に迷惑をかけたりはしないね！」

「あたしだってしないわよ！」

「したじゃないか！　詠太にキスしたり……っ…とにかく、お前ら二人とも、二度と詠太の前に姿見せるんじゃねえぞ！　これ以上、詠太に厭な思いさせたら、俺が許さないからな！」

俺の家から出ていけ！　泰史は最後にそう怒鳴って、梓さんを玄関の外に押し出し、ドアを乱暴に閉めた。それから鍵を閉め、ドアロックもかけて、俺の方に向き直る。そのまま無言で俺に抱きつき、ぎゅっと力をこめた。

「……詠太、大丈夫だ。俺がいるし」

大丈夫だと繰り返す泰史の身体は震えていて、申し訳ない気分でその背中に手を回した。泰史が誰かに対してあんなふうに激高するところを初めて見た。大声を出すのさえ、慣れていない泰史が、俺のために必死になってくれたのを思うと、涙が滲んでくる。

「…ごめん、やっくん」

「…泣くなよ」

「やっくんこそ、涙声だよ？」

俺は泣いてない…と言いながらも泰史は俺から離れなかった。互いを慰めるように抱き合いながら、俺は桜庭さんのことを考えていた。二人で話がしたいと言った桜庭さんに何も言えないまま、梓さんと泰史の言い合いになってしまい、話せていない。

二度と顔を見たくないという気持ちがあるのは事実だが、話をしなきゃいけないという思いも強い。桜庭さんがどういう人であっても、川満さんたちにとって必要な人であるのは確かなのだ。せつない思いを胸に抱き、憂鬱な気分で小さく息を吐いた。

俺を心配する泰史はその日も泊まるように言ったんだけど、翌日の月曜は会社に出るつもりだったし、いつまでも泰史の邪魔をするのも申し訳なくて、夜になって自宅アパートへ帰った。

会社に出れば桜庭さんに会う可能性は高い。桜庭さんは俺に話があると言っていたし、向こうからやってくるかもしれない。その時、動揺しないよう、できるだけ端的に自分の話をまとめた。桜庭さんに対する要望と、これからのこと。話があると言われたら、それだけ事務的に伝えようと決め、月曜の朝、いつも通りに出社した。

「おはよう、詠太。土曜はごめんね」

後から出社してきた古賀さんが、土曜の件を謝ってくるのにどきんとしつつ、いいえと首を振る。

「俺はいいんですけど……桜庭さんとは話せたんですか？」

古賀さんはあの後、桜庭さんと話したりしたんだろうか。様子を窺うような気分で尋ねると、古賀さんは渋い顔つきで肩を竦めた。

「それが話せてないのよ。桜庭が電話に出てくれなくて。今日、会社で捕まえようと思ってるんだけど」

「……そうですか…」

桜庭さんが電話に出なかったと聞き、泰史の部屋を訪ねてきた時の憔悴《しょうすい》した顔つきを思い出した。思わず、同情するような気持ちになり、そんな自分に溜め息をつく。

桜庭さんにされたことは一生忘れられないだろうし、腹立たしく思っている。けど、憎むまではできなくて、そんな自分への苛つきが時が経つにつれて大きくなってきていた。早いうちに問題を解決しておきたいという思いも高まってきて、桜庭さんから連絡がないか待っていたのだけど、昼近くになってもその気配はなかった。

昨日は桜庭さんを見ただけで足が竦むように感じ、何も言えなかった。桜庭さんに会ったら動揺するに違いないとわかっていたが、先延ばしにするほど辛さが増すように思えて、昼を過ぎた頃、意を決して桜庭さんに電話をかけた。

古賀さんはちっとも連絡が取れないとぼやいていたけど、俺からの電話にはすぐに出てくれた。

『…はい』

「…美馬です。会社ですか?」

一階にいるのかと聞く俺に、桜庭さんは出社していないと答えた。へこみ具合は桜庭さんの方が大きいのかもしれないと思いつつ、会えないかと聞く。

「話があるんです」

桜庭さんは自分も同じだと言い、会社から離れた代官山のコーヒーショップで待ち合わせをした。会社の近所で誰かに出会したりしてもまずい。桜庭さんと約束した時間に合わせ、一人で会社を出てコーヒーショップに向かった。

桜庭さんはまだ来ておらず、カフェラテを買って窓際の席に着く。ガラス窓の向こうを行き交う人たちをぼんやり眺めていると、「待たせた」という桜庭さんの声が唐突に聞こえた。桜庭さんはTシャツにデニムというカジュアルな格好で、寝起きそのままで来たという感じだ。

「遅くなってすまない」

「いえ。俺もさっき着いたところで…」

よそよそしさはあったものの、普通な感じで受け答えできたのにほっとした。昨日みたいに何も言えなかったらどうしようと、少しだけ危惧していた。桜庭さんはコーヒーを買ってきており、俺の前に座ると、すぐに「すまなかった」と言って頭を深く下げた。

そのまま動かなくなってしまった桜庭さんに、「頭を上げてください」と溜め息交じりに頼む。梓さんみたいに土下座されなかっただけでもマシだけど、桜庭さんのような目立つ人に頭を下げられているというのは人目を引く。

神妙な表情で顔を上げた桜庭さんに、俺は感情が揺れないように意識しながら、用意してきた話を伝えた。

「…桜庭さんが…俺に悪いことをしたと思ってるなら、頼みを聞いてもらえませんか？」

「…なんだ?」

「川満さんの話を受けて欲しいんです。川満さんたちを助けてあげてください」

桜庭さんがどんな人でも、有能なのは確かだ。それに川満さんたちには桜庭さんの個人的な問題は関係ない。きっと役に立つはずだからと信じ、そう頼む俺を、桜庭さんは微かに眉を顰めて見る。

「…だが……」

「俺は断りますから」

梓さんの部屋で話した時にも告げた決意を繰り返す。桜庭さんはあの時、俺を気遣ってるんじゃないかという問いに答えなかったけど、当たっていたに違いない。そして、今はあの時以上に桜庭さんには川満さんの誘いが受けられない…俺とは一緒に働けない理由がある。

でも、だからこそ…と考えた。桜庭さんが俺に悪いと少しでも思っているなら、俺の頼みを聞いてくれるべきだ。

「この前も言いましたが、俺よりも桜庭さんの方がずっと、川満さんたちの力になれるのは明らかです。だから…皆を助けてあげて欲しいんです」

「それは…違うだろう。川満さんは俺よりも美馬の方を信頼している。仕事のスキルなんてものは後からついてくる。だが、信頼っていうのは…」

「桜庭さんは、俺の頼みを聞いてくれますよね?」

長く話しても堂々巡りだとわかっていた。だから、強引に話を終わらせるためにずるい言い方をする俺を、桜庭さんは辛そうな表情で見つめる。その視線を受けていたくなくて、カフェラテの入ったマグカップを持ち上げて一口飲むと、小さく息を吐いて、「お願いします」と再度桜庭さんに頼んだ。

それから半分以上残っているマグカップを置いて、席を立つ。桜庭さんは難しい顔で考え込んだままで、引き留めたりはしなかった。引き留められたとしても従うつもりはなくて、俺は一人で先に店を出た。

「…ふう……」

桜庭さんに言わなきゃと思っていたことは取り敢えず言えた。あとは…川満さんに新会社には参加できないと伝えなきゃいけない。川満さんがちゃんと納得してくれるような理由を考えなきゃ…。

難しいなあと思いながら歩き始めて間もなくのことだ。交差点に差しかかり、横断歩道の信号が赤になっているのを見て立ち止まる。そして、何気なく顔を上げた俺は、信号待ちをしている人たちの中に仲宗根さんを見つけて息を呑んだ。

「‼」

騒ぎになって以来、誰も連絡が取れていない仲宗根さんが目の前にいるのが信じられず、二度見してしまう。改めて見てもやっぱり仲宗根さんで、俺は驚きのあまりに、後先のことを考えずに声をかけていた。

「しゃ…社長…！」

数歩駆け寄り、声をかけた俺を、仲宗根さんは驚いた顔で見る。帽子を被ってサングラスをかけていたけど、仲宗根さんに間違いない。仲宗根さんは眉を顰めてサングラスをずらし、俺を確認するように見てから「何？」と聞いた。

何って言われてしまうと、言葉が継げなくなる。仲宗根さんから、それまで感じたことのない剣呑《けんのん》さが感じられたせいもある。どうしようと戸惑っていると、「美馬！」と呼ぶ桜庭さんの声が聞こえた。

はっとして振り返ると、コーヒーショップで別れた桜庭さんが駆けてきていた。桜庭さんは俺の前に仲宗根さんがいるのに気づき、驚いた顔つきになる。足を速めて傍までやってくると、俺よりも先に仲宗根さんに声をかけた。

「仲宗根さん、ここで何してるんですか？」

「……」

桜庭さんの問いかけが強い調子だったのも無理はない。俺はまだ若いし、下っ端だし、社長である仲宗根さんにものが言える立場じゃないという自覚があるから戸惑ってしまったけれど、桜庭さんは仲宗根さんと対等に話せる人だ。

会社をほったらかして何をしてるんだと、桜庭さんが仲宗根さんを責めるのも当然の話だった。

「田村さんも連絡が取れないって困ってましたよ。皆への説明だって中途半端なままで投げ出して…」

「うるさいな。偉そうなことを言えるような立場かよ」

「どういう意味ですか？」

「クビになったお前を拾ってやったのは誰だと思ってる？」

仲宗根さんに暗い雰囲気が漂っているのには気づいていたけど、ここまで厭なことを言うとは思ってもいなくて、思わず眉を顰めた。仲宗根さん自身、追いつめられてるのはわかる。でも、こんなことを言うべきじゃないと思い、つい口を出していた。

「そんな…言い方ってないですよ。仲宗根さんがいなくて皆が困ってるのは事実なんです。桜庭さんは会社のことを考えて…」

「俺の会社だ。どうしようが俺の勝手だろう」

「でも…」

「お前だって俺が声かけてやらなかったら、こんな都会で働けなかっただろう？　チャンスをやっただけでもありがたく思えよ」

「……」

確かにそうだけど…。仲宗根さんがうちで働かないかと声をかけてくれた時…俺は仲宗根さんみたいになりたいって思って、転職を決めたのだ。憧れだった人がすっかり変わってしまったのがショックで、俺は何も言えずに仲宗根さんを見ているしかできなかった。

無言でも俺の目には非難の色がこめられていたらしい。仲宗根さんは厭そうに顔を顰め、さらに暴言を吐く。

「それにお前、うちに来て少しでも金を稼ぐような仕事をしたか？　してないだろ？　一年、ただ飯を食わせてやったようなもんだ。お前みたいな…」

みたいな…の続きもひどい言葉だったと思うけど、その先は俺に伝わらなかった。なぜなら、桜庭さんが仲宗根さんに殴りかかったからだ。

「っ…！　桜庭さん…！」

殴りかかった桜庭さんに仲宗根さんも殴り返して、目の前で喧嘩《けんか》が始まる。子供の頃から暴力が苦手で、人を殴った経験もない俺には衝撃の場面で、間に入ることも叶わず、「やめてください！」と叫ぶくらいしかできなかった。

そうこうしているうちに他の通行人が警察を呼んでしまった。間の悪いことに、近くに交番があったのだ。ピーッと高い笛の音と、「やめなさい！」と制止する警官の怒号が響く。警官の登場で桜庭さんと仲宗根さんの喧嘩は止まったけれど、それぞれが憎々しげに相手を睨んでいるのを見て、絶望的な気分になった。

幸い、大人同士の喧嘩だったし、その場で警官からの注意を受けただけで済んだ。仲宗根さんは警官が去ると同時に足早に立ち去ってしまい、俺と桜庭さんはその後ろ姿を見送るしかできなかった。今の仲宗根さんに何を言っても無駄なような気がしたのだ。

二人になると、桜庭さんに「大丈夫ですか？」と聞いた。桜庭さんは「ああ」と頷いたけど、唇の端が切れてるし、頬も赤くなっている。後から内出血とかして腫《は》れてきそうで、病院に行った方がいいんじゃないかと勧めた。

「平気だ。怪我には慣れてる」

「慣れてるって…」

「アメフトをずっとやってたから…当たり慣れしてるんだ」

なるほど…と頷いたものの、それでも心配そうに見る俺に、桜庭さんはこたえてるのは仲宗根さんの方だろうと言う。

「思いきり殴ったから…顎がいってるかもしれない」

「…痛そうですね」

やっぱり暴力はよくない。改めてそう思い、桜庭さんにどうして殴ったりしたのかと聞いた。殴ったところで何も解決はしないとわかっていたはずだ。桜庭さんは答えずに、神妙な顔で溜め息をついて、近くにあった自販機で水を買った。

それを一口飲み、歩き始める桜庭さんの横に並ぶ。目黒川の方へ向かっており、会社に戻る俺と同じ方向だった。桜庭さんはどうして俺を追いかけてきたのだろう。その理由を聞くべきか迷う俺に、桜庭さんは「大丈夫か？」と聞く。

「え…？」

桜庭さんに気遣われる意味がわからず、怪訝に思って聞き返す。俺は喧嘩に加わっていないから怪我もしていない。不思議に思ったが、桜庭さんは仲宗根さんの暴言を気にかけているようだった。

「…あの人も…根は悪い人じゃないはずなんだ…」

「……。わかってます」

俺だって仲宗根さんを信じた一人だ。仲宗根さんが心底からあんなことを思っているとは考えられない。仲宗根さんを気遣う気持ちはあるけれど、それよりも、グリーンフィールズは本当になくなってしまうんだという寂しさが湧き上がってきていた。

もしかすると…仲宗根さんはグリーンフィールズをなんとかするために駆け回っているのかもしれない。金策の目処がついたという知らせを持って戻ってくるのかもしれない。そんな淡い期待を心のどこかで抱いていたけれど…。

きっと…もう無理だ。そう思うと溜め息がこぼれた。

「…俺…仲宗根さんみたいになりたいって…思ってたんです…」

な人間じゃない」

「そうじゃなくて…。美馬は自分がどんな窮地に陥っても抱えてきたものを投げ出せるよう

「やっぱり、そうですよね…」

「……。無理だろ」

そういう意味で無理だと言ったんだ…とつけ加える桜庭さんをそっと見ると、切れた唇の端が赤くなっていた。桜庭さんが殴りかかった時、仲宗根さんは何を言いかけていたんだろう。お前みたいな奴は何をやってもダメだと言いたかったのかな。

今の自分は言い返せないなと思うと、気持ちが重くなる。同時に、桜庭さんが仲宗根さんのことを殴ったのは、俺のためかもしれないという考えが浮かんだ。仲宗根さんは桜庭さんにもひどい言葉を向けたけど、その時は反応しなかった。

桜庭さんが俺のことを思って仲宗根さんを殴ったのだという考えは、複雑な気持ちを生むものでもあって、微かに眉を顰めた。そういえば…桜庭さんが追いかけてきた理由を聞いていない。聞く前に会社に着いてしまうかと思ったが、目黒川に架かる橋の上で、桜庭さんは立ち止まった。

橋の欄干《らんかん》に凭《もた》れかかり、春になると咲き誇る桜の木を眺める。今は青々とした緑が眩《まぶ》しいくらいだ。きらきらと光る水面を桜庭さんの隣で見ていると、「美馬」と言う声が聞こえた。

「…さっきの話なんだが…。やっぱり、俺よりも美馬の方が川満さんたちには必要だと思う

んだ」

「ですから…それは…」

「俺程度の営業スキルがある奴はいくらだっている。でも、…美馬みたいな奴は他にいないだろう」

「……」

言い聞かせるような桜庭さんの声が胸に響き、せつない思いで隣を見た。俺を見ている桜庭さんの顔は、殴られた痕《あと》が赤みを増して、痛々しげだった。

「…さっき、社長も言ってたじゃないですか。ただ飯を食わせてやったようなものだって…。俺は…」

「いや。仲宗根さんは間違ってる。表面だけ飾って、口だけでものを言って、本質を見ようとしなかったから失敗したんだ。…けど、川満さんは違う。仲宗根さんみたいに会社を急成長させられはしないかもしれないけど、堅実に…やっていくはずだ。だから、その中で成長できるのは……美馬の方だ」

「……」

お前の方がふさわしいと言い、桜庭さんは小さく笑った。でも…と言えないでいるうちに、桜庭さんは背を向けて歩き始める。桜庭さん。そう声をかけたいのに、出てこなくて。いつしか広い背中は視界から消えていた。

それから桜庭さんは会社に出てこなくなり、電話も繋がらなくなってしまった。川満さんや古賀さんが心配して桜庭さんが暮らす恵比寿の自宅を訪ねると、引き払ってしまった後だった。桜庭さんが突如消えた理由を俺はわかっていたけど、川満さんたちに話せる内容じゃない。どうしたらいいかもわからず、困っている間に、会社が整理されることが本決まりになった。

「取り敢えず、今月いっぱいで解散ということになりそうだ。ただ、今月分の給料は出ないらしい」

「まあ、予想通りですね」

この通りですし…と古賀さんは肩を竦めて、がらんとした二階のフロアを示す。会社がなくなることが本決まりになる前に、商品企画部ではほとんどの人間が次の行き先を決めていた。大抵は似た業種の会社に転職することになっており、独立を考えたのは川満さんだけだった。

「新しい事務所の物件探しはどうですか？」

「この近くは難しいな。家賃が高すぎる」

「いっそ、川満さんの家の方でもいいんじゃないですか？　吉祥寺は井《い》の頭《かしら》公園もありますし」

いいよね…と古賀さんに同意を求められたのだが、ぼうっとしていて、すぐに答えられなかった。そんな俺を不満げに見て、古賀さんが「詠太！」と大きな声で呼ぶ。びっくりして飛び上がり、「はい！」と答えた俺を、古賀さんだけでなく、川満さんと陣内さんも心配そうな目で見た。

「どうしたのよ？　最近、元気ないじゃない」

「お前にとっちゃ、憧れて入った会社がなくなるのはショックかもしれないけど、仕方ないだろ」

「わ、わかってます。すみません…、ちょっとぼんやりしてただけです」

皆に謝り、いけないと気を引き締めた。新しいことをいろいろと決めなきゃいけない大事な時なんだから、しっかりしなきゃいけない。いつまでも下っ端気分じゃいられないのだ。今度はこの四人しかいないのだから、責任は自然と重くなる。

「それで銀行の方はどうですか？」

会社を設立するに当たっての一番の問題は、やっぱりお金だ。事務所を借りるお金、設備費、運転資金、皆の給料。給料はしばらくそれぞれが我慢する覚悟はできていたけど、それ以外の資金は待ってはもらえない。

だから、川満さんは事業計画を作り、銀行に融資を申し込みに行ったりしているのだが、それがなかなかうまくいかないのだった。

「難しいですね。こういう時、数字に強い桜庭がいてくれたらなって…つくづく思います」

「あいつなら適当なこと言ってても説得力あるっていうか、銀行もすぐに貸してくれそうですよね」

「俺の印象が軽いって言いたいのかな？」

ふふふ…と引きつり笑いを漏らす川満さんに、古賀さんは透明な表情を浮かべてうふふと笑い返す。そこまでは言えないって感じ？　確かに、川満さんに向いてない仕事なのは、俺にだってわかる。そして、桜庭さんならきっと力強い味方になってくれただろうことも。

姿を消してしまっても、桜庭さんの名前はこうやってたびたび上がる。桜庭さんは自分程度の人間はいくらでもいるなんて言ったけど…。やっぱり、現実的に必要なのは桜庭さんの方だ。自分のせいで桜庭さんを失ってしまったのだと思うと、皆に申し訳なかった。

「…とにかく、銀行とは粘り強く交渉してみるから。プロジェクトの方を進めてくれ」

「了解です。でも、川満さん。ここのオフィス使えるのも今月いっぱいですよ？　事務所だけは早いうちに決めないと…。住所がないと会社の登記もできませんし」

「わかってる」

うん、わかってる…と自分に言い聞かせるように繰り返し、川満さんは打ち合わせをお開きにした。その後、資金援助を頼めるかもしれないという取引先の人と会いに行くと言い、忙しそうに出掛けていった。

　その姿が消えると、古賀さんが真面目な顔で俺と陣内さんに相談を持ちかけた。

「会社っていう形が整わなかったとしても、商品を集められる目処は立ってるわけだから、九月から販売を始めたいのよ。それにはお金がいるんだけど…どれくらい、出せる?」

「皆で資金を出し合うってことですか?」

　確認する陣内さんに古賀さんは重々しく頷く。古賀さんがそんなことを言い出したのにも理由があるようだった。

「事業計画書だけで融資してもらうっていうのはなかなか難しいみたいで…川満さん、自宅を抵当に入れて借金しようと考えてるみたいなのね」

「マジですか?」

「今、融資を頼んでる銀行から今週中に返事が来るらしいんだけど、それが駄目だったらって思ってるみたい」

　なるほど…と頷き、自分の預金高を考えてみる。公務員時代に貯めたお金や、わずかに出た退職金なんかは、上京した時のあれこれでほとんど使ってしまった。東京での生活には結構お金がかかって、貯金はほとんどできていない。

「俺は…たぶん、三十万くらいしか…」

　情けない気分で自分が出せる金額を口にすると、陣内さんが続けて「百万なら」と高額を口にした。

「えっ。陣内さん、百万円も出せるんですか？」

「俺をいくつだと思ってるの。いざという時のためにそれなりの蓄えは用意してるよ」

「私も…結婚資金として取ってあった、二百万円の定期を解約しようと思います！」

ふんと鼻息つきで宣言する古賀さんを、俺と陣内さんは尊敬の目で見て、ぱちぱちと手を叩く。年女の古賀さんは、常日頃、結婚願望を口にしているんだけど、もう仕事を選ぶって決めたのかもしれない。

これで…三百万強。とても足りない感じだけど、動きの取れない金額でもない。

「必要経費の支払い額と、支払日のタイムラインを出して……って、ああ！　桜庭がいたらな！　この場でちゃっちゃっと計算していろいろ指示してくれそうなのに！」

「桜庭くん、今頃、どこで何してるんでしょうね」

「ちゃっかり上場企業とかに潜《もぐ》り込んでますよ。なんのかんのいって、桜庭はエリートですから」

私たちとは元から方向性が違う…と古賀さんが言うのを聞きながら、そうかなと内心で首を捻っていた。桜庭さんは確かにどんな大企業でも働けそうで、そういうのが似合うと思うけれど…。

最後に見た桜庭さんが頭から離れないでいた俺は、彼が区切りをつけて新しい生活を始めているとは思えなかった。それよりも…。桜庭さんがどうしているのかと想像して、頭に浮かぶのは、落ち込んで引きこもっている姿だ。

けど、そんなの桜庭さんらしくなくもある。この場合、古賀さんみたいに「ちゃっかり」と考えた方がいいなと思い、心の中で溜め息をついた。


あの事件後、泰史のマンションを何度か訪れたけど、梓さんに出会すことはなかった。マンションのエレヴェーターに乗り、二十五階のボタンを見るたびどきりとしたけど、それも少しずつ薄くなってきていた。

その日、会社帰りに泰史の部屋を訪ねると、居間のテーブルにマンションのパンフレットがいくつも置いてあった。梓さんと同じマンションには住みたくないと言い、泰史は引っ越すと言い出していた。本気だったんだ…と思いつつ、仕事部屋にいる泰史に声をかけた。

「やっくん、プリン買ってきたけど…」

「…あ、詠太。ちょうどよかった！　連絡しようと思ってたんだ」

モニターを食い入るように見つめていた泰史はさっと立ち上がり、仕事部屋から出てくる。たたた…と居間まで駆けていき、マンションのパンフレットを俺に見るよう、勧める。

「よさそうな物件をムッターに探してもらったんだ。詠太のいいところに引っ越すから。どれがいい？」

「どれって…やっくんが引っ越さなくても」

「けど、詠太はここに厭な思い出があるだろ？　そんなところに、いつまでも来させたくないんだよ」

泰史が俺のことを思って言ってくれているのはありがたくもあって、小さく苦笑して「ありがとう」と礼を言った。それから、もうすぐ俺も引っ越すかもしれないという話をする。

「新しい会社の事務所が吉祥寺の方になるかもしれないんだよね。まだわからないんだけど…どこか決まったら、そこに通いやすいところに越そうかと思って」

「そっか。だったら、俺も詠太の近所にする。ていうか、一緒に住めばいいのに」

「そうだなあ」

泰史の邪魔になるかもしれないし…と遠慮してきたけれど、俺にとっては虎の子だった三十万を会社の資金に提供してしまったら、引っ越し費用もなくなってしまう。しばらくの間だけでも、泰史に居候をお願いしようかな。

そんなことを考えていた時、インターフォンが鳴った。俺と泰史は同時にびくんと身体を震わせ、互いの顔を見合わせる。

「……。牟田さん？」

「いや。呼んでないよ？」

だとしたら…。俺たちの頭には同じ顔が浮かんでいて、硬直した。すると、再びインターフォンが鳴る。俺は大きく息を吸って椅子から立ち上がると、キッチンの壁面にあるインターフォンを見に行った。この前は忘れていたけど、泰史の部屋のインターフォンにはカメラがついており、そこで訪問者の姿を確認できるのだった。

恐る恐る覗いた画面には案の定、梓さんが映っていた。

「……」

「…うわー。やっぱり～。何しに来たんだろう？」

梓さんが泰史に用があるとは思えない。梓さんの目的は俺で…話の内容は桜庭さんについてのものしか思いつかないが、桜庭さんは自宅まで引き払ってしまい、行方《ゆくえ》不明の状況だ。

そう考えてから、逆に梓さんなら桜庭さんがどうしているのか知っているのではと思いついた。桜庭さんの動向が心配だった俺が「出てみるよ」と言うと、泰史は大反対する。

「冗談だろ？　やめとけよ。無視しておけばいいって」

「でも…」

「そのうち、諦めて帰る…」

と、泰史が言ったのと同時に、梓さんが痺れを切らしたらしく、インターフォンを連打し始めた。ピンポンピンポンピンポンと壊れたみたく、呼び鈴が鳴り続けるのに肩を竦め、俺は玄関へ向かった。

廊下に出ると、今度は玄関のドアを叩いている音が聞こえる。どんどんという音と共に、「いるんでしょ?」という梓さんの声がドアの向こうから朧気《おぼろげ》に聞こえてくる。短気だなあ…と呆れながら、俺が玄関のロックを解除すると…。

「っ…」

外側から勢いよくドアが引かれ、険相の梓さんが現れた。怒られるようなことをした覚えはないが、つい「ごめんなさい」と謝ってしまいそうなほどの、顰めっ面だった。

「ど…どうしたんですか?」

「……」

「あの…」

そのままま くし立てるのかと思った梓さんは俺の顔をじっと見て、固まった。自分を落ち着かせるかのように息を吸い、お願いがあるのだと切り出す。

「お願い?」

「…コズに会ってやって欲しいの」

「……」

桜庭さんに会って欲しい…と言われ、どきりとするのと同時に、背後から「ふざけるな!」と言う泰史の声が聞こえた。驚いて振り返ろうとしたが、俺の背中に張りついているので叶わず、目線だけを後ろに向けて「やっくん」と窘めた。

「どうして詠太があんな奴と会わなきゃいけないんだよ？　あいつは詠太をひどい目に遭わせたんだぞ」

「それは…謝ったじゃない」

「謝れば済む問題じゃない」

「じゃ、どうすればいいのよ？」

具体的に言いなさいよ…と要求を望む梓さんに、泰史は「帰れ」と言い返す。二人の言い合いが泥沼化するのは目に見えていて、俺は「ちょっと待ってて」と泰史を宥めてから、梓さんに尋ねた。

「桜庭さんが…どうかしたんですか？　会社の人から…自宅も引き払ってしまったみたいだと聞いて…心配はしてたんですが…」

「心配？　心配って言った？　そうよね、コズを心配してくれてたのよね？　だったら、来て！」

俺の言葉は梓さんにとって渡りに船だったようで、嬉々《きき》として腕を摑んで引っ張ってくる。だが、泰史が反射的にもう片方の腕を摑んでいた。

「ふざけるなよ、オカマ！　詠太は行かないって言ってんだろ！」

「あんたにオカマ呼ばわりされる覚えはないわよ！」

格好はまともでも喋《しゃべ》りがオネエの梓さんと、格好は女装でも中身は男の泰史（二次元オタクだけど）に引っ張りっこをされ、俺はほとほと疲れた気分になる。腕を摑んでいる両方の手を振《ふ》り解《ほど》き、「痛いから！」と叫んでみると、二人はぴたりと口を閉じた。

「……ごめん、やっくん。桜庭さんが心配なのも確かだから、ちょっと見てくるよ」

「でも…」

「大丈夫。今度は迷わず、全力で逃げるから」

「わかった。だったら、俺に電話して。すぐに通報する！」

俺も迷わず警察を呼ぶと泰史は梓さんに向かって鼻息荒く宣言する。梓さんは憎々しげな顔つきで泰史を睨みつけ、「行きましょ」と俺を促した。

エレヴェーターのボタンを押す梓さんに、桜庭さんはどこにいるのかと聞いてみる。梓さんは小さく鼻息を吐き、「あたしの部屋よ」と言った。あれはきっと桜庭さんにとっても苦い思い出だと思っていたから、梓さんの部屋にはいないだろうと思っていたので驚いた。自分の思い違いで、桜庭さんにはそうでもなかったのかな…と考えた俺が表情を曇らせたのに、梓さんは敏感に気づく。

「…コズは厭がったんだけど、あたしが無理矢理連れてきたのよ。自宅の荷物を衝動的に全部捨ててしまって…身一つでビジネスホテルに引きこもってたのよ。ほっとけないじゃない」

「……」

古賀さんが言ったように、ちゃっかり別の会社に転職していたわけではなく、俺の想像通りだったと知って、息を呑む。桜庭さんは堂々としていて、頭も切れる人だから…ドライな考え方も得意なんだろうと…思ったりもしたけど…。

「あたしが何を言ってもダメなの。あのままじゃ…健三郎が死んだ時みたいに、無茶をやりかねないわ」

「……」

健三郎というのは、以前、梓さんが俺に似ていると言っていた人だ。死んだというのは初めて知る事実で、一瞬、目の前が暗くなったような気がした。元彼かもしれないとは考えていたけど、まさか、亡くなっていたなんて…。もしかして、桜庭さんは健三郎さんという人の面影を俺に見ていたのだろうか。

俄にどうしたらいいのかわからない気持ちが湧き上がってきて、逃げたくなったが、エレヴェーターのドアが開いてしまい、乗らざるを得なくなる。最上階から二十五階まではあっという間で、梓さんと共にエレヴェーターを降りると、足取りの重さを感じながら廊下を進んだ。

「コズは寝室にいるから。声かけてやってくれる?」

「…あの……」

「あんただってショックを受けただろうし、こんなことを頼めた義理でもないのもわかってるの。でも、あたしじゃどうにもできないんだから」

お願い…と言って、頭を下げる梓さんの痛切な顔つきは、まったくキャラじゃなかった。桜庭さんが俺を健三郎さんの代わりのように思っているのだとしたら…。俺にはそんなの絶対無理だし、だったら会わない方がいいのかもと思ったが、梓さんに断ることはできなくて、仕方なく部屋の中へ入った。

泰史も気遣ってくれてた通り、俺にとっては苦い体験をした部屋だ。中へ入ると同時に、厭な思い出が蘇り、足が竦んだ。でも、引き返すわけにはいかないと思い、靴を脱いで廊下を歩き、朧気な記憶を頼りに右側のドアを開けた。

「……」

部屋の中は暗く、桜庭さんがどこにいるのかはわからない。手探りで壁面のスウィッチを探して押すと、床に置かれた間接照明が点って、オレンジ色の光に照らされた。部屋の中央に置かれたベッドがこんもりと盛り上がっていて、そこに桜庭さんがいるのがわかる。

誰かが入ってきたことは察していても、梓さんだと思っているのか、桜庭さんはぴくりともしなかった。布団に潜り込んでいるらしく、顔も見えない。俺はベッドに近づき、その横で立ち止まると、大きく息を吸ってから「桜庭さん」と呼びかけた。

「っ…⁉」

静かな部屋に俺の声が響くのと同時に、桜庭さんは勢いよく布団をはねのけて起き上がった。信じられないという表情で俺を見る桜庭さんの顔は、無精髭《ひげ》が伸び放題で、やつれていて、別人みたいだ。

梓さんが心配するのも無理はない…と思いながら、「何してるんですか？」と尋ねる。

「……どうして…」

「梓さんが桜庭さんを心配して…会って欲しいって頼みに来たんです」

「……。すまない……迷惑をかけて……」

小さく舌打ちをし、桜庭さんは苦々しげな顔つきになる。梓さんへの不満を抱いている様子を見て、一応、彼の気持ちを代弁した。

「梓さんは桜庭さんが心配でたまらないんだと思いますよ」

「…だとしても…美馬に迷惑をかけるべきじゃないって…わかってるはずだ」

すまないと繰り返す桜庭さんの表情は苦悶に満ちていて、見ている俺の方が辛くなるほどだった。ていうか、これって立場逆じゃないか？　やられた俺の方が励ます立場になってるってどうなんだろう？

俺だって心底厭な思いを味わったんだけど…。ここまで引きずっていないのは、相手である桜庭さんの方が引きずりまくっているからかな？　項垂れている桜庭さんを見ながら、皆も心配しているのだと伝える。

「川満さんと古賀さんが…桜庭さんの自宅を訪ねたら引き払った後で…どこに行ったのかも

わからなくなってしまって、皆で心配してたんです」

「…美馬にはもう会えないと思っていたから…忘れてもらうためにも姿を消した方がいいと思ったんだ」

「古賀さんはちゃっかり別の会社に転職してるだろうって言ってたんですが…。外れましたね」

「……」

そんな気分にはなれなかったと、桜庭さんは緩く首を振る。忘れてもらうために…と桜庭さんは言うけれど、今日も桜庭さんがいたらという話が出ていた。きっと、同じようなスキルを持った人が加わったとしても、桜庭さんの話題は出ると思う。

小さく息を吐き、俺はその場に正座して桜庭さんを見た。改めて「桜庭さん」と呼びかける俺の声を聞き、桜庭さんは俯かせた顔を上げる。

「…こんなところで寝てるなら、川満さんを助けてあげてください」

「……」

「本気で困ってるんです。事業資金を融資してもらうために銀行に事業計画書を提出して交渉してるんですが、うまくいってなくて…。桜庭さんがいたらって皆がぼやいてます。今、頼んでる融資を断られたら、川満さんは自宅を担保にして借金するつもりみたいで…。それを助けるために俺たちもお金を出し合うことになったんですが…」

「…大丈夫なのか？」

「わかりません。だから、お願いしてるんです」

俺の話を聞いた桜庭さんは心配になったようで、眉を顰めて聞いてくる。俺は肩を竦めて返し、先を続けた。

「桜庭さんは俺みたいな奴は他にいないって言ってくれましたけど、桜庭さんだって同じです。川満さんだって、古賀さんだって、陣内さんだって…、代わりになれる人っていないと思うんです。だからこそ、皆でやろうって話になってるわけだし…」

「……」

「…桜庭さんが躊躇うのは…俺に対してあんなことをしてしまって申し訳ないっていう気持ち以外に…何か理由があるんですか？」

梓さんの話を聞いて、桜庭さんには俺を気遣う気持ち以外に、自分自身の事情もあるのではないかと思えていた。亡くなった健三郎という人に俺が似ているから…。俺を見ていると、それを思い出して辛くなるとか…？

そんな考えを抱いて尋ねた俺に、桜庭さんは「いや」と言って首を横に振った。

「俺は…ただ、美馬にこれ以上厭な思いをさせたくなくて…」

「気遣ってくれるのは嬉しいんですが…会社では桜庭さんの名前が頻繁に出ますし、こうやって梓さんにも呼ばれてしまうので…。桜庭さんの気遣いはあまり意味がないです」

自ら姿をくらまして引きこもっていても、こうして会う羽目になっている。結局、同じことだから…と諦め顔で言う俺に、桜庭さんは複雑そうな顔で「そうか」と頷く。

ただ、一つだけ、桜庭さんに理解しておいて欲しいことがあって、「でも」と続けた。

「俺は…桜庭さんと恋愛というか…そういう関係になるのは無理なので……それだけはわかってください」

「わかってる。すまない。……俺は酔うと…とんでもないことをしてしまうから…飲まないようにしていたんだが…。あの時…、どうして飲んでしまったのか……。自分でもよくわからないんだ。…本当にすまなかった…。もう二度と飲まない」

すまない…と繰り返し、桜庭さんは胡座《あぐら》の姿勢を正座に変えて、深々と頭を下げる。俺にとっては簡単に許せない出来事だったけど、ここまでへこんでいる桜庭さんを責める気には到底なれなかった。

それってつまり…「許した」のと同じことなのかな？　そのあたりは難しいなと思いながら、心の中で溜め息をつき、川満さんたちの新会社に協力してくれるかと確認した。

桜庭さんは「わかった」と頷き、明日にでも川満さんに連絡を取ると約束してくれた。その返事にほっとし、小さく笑みを浮かべる。

苦い記憶の残る部屋で桜庭さんに会うのは躊躇いがあったけど、こうして話せたのは結果的によかったと思った。桜庭さんが協力してくれるなら、新しい会社のあれこれも進み始めるに違いない。「よろしくお願いします」と頭を下げた俺だったが、何やら視線を感じて顔を上げると…。

桜庭さんがじっと見ているのがわかって、微かに眉を顰める。

「……。わかってくれてますよね？」

「…もちろんだ」

真面目な顔で桜庭さんは言うけど…言動と行動が一致していないように感じるのは気のせいかな。桜庭さんが完全に俺を諦めてくれるまでには、まだ時間がかかるのかもしれないと思って、前途多難な気分になった。

寝室を出ても梓さんの姿は見当たらず、泰史が心配しているだろうからと思って、一人で部屋を後にした。すると、梓さんは部屋の外で待機しており、出てきた俺に掴みかかるようにして聞いてくる。

「どうだった⁉」

「あ…大丈夫…だと思います」

桜庭さんも新会社を手伝ってくれることになったと説明する俺に、梓さんは眉間の皺を深くした。梓さんにはグリーンフィールズがなくなってしまうという話をしたはずだよな…と首を傾げつつ、エレヴェーターのボタンを押す。

「ですから、俺の上司が立ち上げることになった会社を…」

「そうじゃなくて。あたしが聞きたいのは、あんたがどうやってコズを説得したのかって話よ」

「いや…別に…」

普通に話をしただけだと返しつつ、開いたドアからエレヴェーターに乗り込む。梓さんとはそこで別れたかったのだが、彼も乗り込んできてしまったので、仕方なく最上階のボタンを押した。

「こんなところで寝てるなら、俺たちを手伝ってくださいと頼んだだけで…。それに元々、桜庭さんが断ったのは俺を気遣ったからみたいだったので…」

「なるほど…。あんたはコズに贖罪《しょくざい》を与えたわけね」

「贖罪って…」

そこまで大袈裟《おおげさ》な話じゃないと肩を竦め、三十六階に着いたエレヴェーターから降りる。梓さんはそのまま下へ戻っていくのだと思っていたが、俺と一緒に降りてついてきた。

「あの…まだ何か…?」

「それであんたはどうなのよ?」

「どうって?」

「コズと働くのは平気なの？」

梓さんの問いかけは俺にとって首を傾げるようなもので、微かに眉を顰めて隣を見た。だって、そんな気遣いができるなら、桜庭さんをなんとかしてくれと頼みには来ないだろう。客観的に見れば、加害者は桜庭さんで、被害者は俺だ。今さら何を…と思う気持ちは梓さんにも伝わっていた。

「働くとなると始終顔を見ることになるのよ？　ちょっと励ますのとはわけが違うわ。新会社を立ち上げるっていったって、どうせ少人数の小さな会社なんでしょ？」

確かに…梓さんの言う通りでもあって、俺にも不安がないわけじゃない。さっきも、俺をじっと見つめていた桜庭さんは無意識だったみたいだったし…。それでも俺たちにとって桜庭さんは必要な人で、同時に、彼を信用したいという気持ちもあった。

「…でも、桜庭さんは…二度と飲まないって約束してくれましたし…。俺にその気がないのも理解してくれてます。…お酒を飲まなければ…大丈夫なんですよね？」

「……。そうね」

「だったら…」

平気だと言いかけた時、間近に迫っていた泰史の部屋のドアが開く。俺たちの話し声に気づいた泰史が飛び出てきて、「詠太！」と叫んだ後に、梓さんに憎しみの目を向けた。

「なんでお前がいるんだよ！　下に帰れ！」

「きゃんきゃんうるさい子ねえ。そんなんだと彼氏できないわよ」

「俺はゲイじゃないって言ってんだろ！　それに三次元なんかに恋しない！」

「変な子～」

「お前に言われたくない！」

本当に泰史さんと梓さんは犬猿の仲だとつくづく思いつつ、泰史を落ち着かせて部屋に戻ろうと促した。梓さんは「ふん」と盛大な鼻息を残して去っていく。二人で玄関に入ると、泰史は心配そうに俺を見て「大丈夫だった？」と聞いた。

それに苦笑を浮かべて頷き、「たぶんね」と答える。これから…どうなるかはわからないけど、たぶん、大丈夫だ。梓さんの言った贖罪という言葉が、胸の奥に引っかかっているのが、少しだけもどかしかった。


桜庭さんとの個人的な関係はともかく、仕事に関するあれこれは次の日から画期的に進み始めた。桜庭さんは朝一番で川満さんに連絡を取ってくれていて、出社してきた川満さんが喜色満面の顔つきで朗報を告げてきた。

「桜庭から連絡があって、一緒に働かせてくださいって頼んできた」

「えっ。桜庭、転職してなかったんですか？」

「それが、先のことを考えるためにしばらく旅行に出ていたらしいんだ。今日、午前中に銀行との面談があるから、それに一緒に行ってもらう。それから、不動産屋を回って…いろいろ話して戻ってくるから」

よろしくな！　と張りきって言い、再び出掛けていく川満さんの後ろ姿には昨日までとは違いやる気が漲《みなぎ》っている。古賀さんと陣内さんも桜庭さんが一緒にやってくれることになったのに心からほっとしているようで、俺もよかったと思っていたのだが。

「桜庭が来るなら…ちょっと真面目に仕事進めておかないとまずくないですか？」

「確かに。…今の状態では桜庭くんに見せられないな…。美馬くん、ちょっと相談に乗ってくれる？　ペンディングにしてた部分も作ってしまうから」

「はい！」

安堵したのも束の間、桜庭さんが登場したらやばいと、古賀さんも陣内さんも慌てて真剣に仕事を始めた。停滞していた雰囲気ががらりと変わり、一気にやる気モードで仕事に取り組み始めたその日。桜庭さんが川満さんと共に社に姿を見せたのは、夕方の五時を過ぎた頃だった。

「桜庭〜。旅に出てたんだって？　てっきりどっかの大手企業に潜り込んだのかと思ってたわ」

「桜庭くん、お帰りなさい。ウエルカムですよ」

皆が口々に歓迎するのに合わせて、俺も「元気そうでよかったです」と挨拶した。桜庭さんも俺に特別な対応はせず、皆に向けて「よろしくお願いします」と頭を下げる。ぼろぼろだった昨夜の姿が想像できないほど、桜庭さんはすっかり元通りになっていた。

それは外見だけでなく、仕事面でも発揮されており。

「早速だが、融資してくれる銀行が決まった。それと、事務所も決めてきたぞ」

「本当ですか⁉」

「桜庭くんパワーってやつですか」

昨日まで…いや、今朝まで、川満さんは銀行との話し合いがうまくいきそうにないと悩んでいたのだ。それが急転したのは桜庭さんの力によるところが大きいに違いなく、驚いた顔で見る俺たちに、桜庭さん本人は平然とした顔で経緯を説明する。

「川満さんが融資を頼んでいた銀行はいい反応が見られなかったから、俺の知り合いがいる銀行に融資を頼んだ。そっちは好感触で、一応審査中だが、来週頭には審査が通ると思う。で、その後、不動産屋で物件を決めてきた」

「どこなのよ？」

「川満さんの希望で吉祥寺に」

家族のいる川満さんの負担が軽くなるよう、そっちの方にしたらどうかという話が出ていたから、皆、納得だった。直接、物件を見に行ったという川満さんは嬉しそうにいいところだと話す。

「駅からは…歩いて十五分くらいかかるが…」

「十五分って結構ですね」

「でも、家賃はその分安いし…ちょっと古いが…」

「ええ？　ぼろいんですか？」

「ぼろくまでは……ないが、ちょっと、古めかしい。でも、井の頭公園に近くて…緑がいっぱいだ」

「ていうことは、虫もいますね」

いろいろ文句を言いながらも、反対する人は誰もいなかった。どんなところでもここから移れる先ができただけでありがたい。今のところ、仮契約の状態で、会社の登記を済ませた後、会社として契約するのだと、桜庭さんが事務的な内容をつけ加える。

「それと社名についてなんだが…」

新しい社名をどうするのかについては、これまでもたびたび話題に上がっていたけれど、まだ決まっていなかった。でも、会社として登記するのに社名は絶対に必要だ。どうするのかな…と思っていると、桜庭さんに促された川満さんが提案した。

「アルバ…っていうのはどうかと思ってる」

「スペイン語…ですっけ？」

「どういう意味？」

「確か…夜明けじゃないですか？」

自信なさげに陣内さんが言うのに頷き、川満さんはアルバには夜明けとか、始まりとかっていう意味があるのだと説明する。皆でなるほどと頷き、響きもいいし、いいんじゃないかと意見がまとまった。

昨日まで融資の目処も立たなくて、皆でお金を出し合おうとまで話していたのに。たった一日で、社名まで決まってしまったのはやっぱり桜庭さんのお陰で、改めて桜庭さんの行動力とか判断力のすごさを思い知った気分だった。

それから九時過ぎまで様々な打ち合わせを続けた後、桜庭さんの歓迎会を兼ねて飲みに行こうという話になった。桜庭さんは皆の間で飲めないことになってるし、二度と飲まないと誓ってくれている。一抹の不安はあったものの、以前と同じく、桜庭さんは食事の席でソフトドリンクしか飲まなかった。

それに対して、俺はよかったよかったと安堵する川満さんと古賀さんに飲まされてしまい、あっという間にふらふらになっていた。二軒目に行くぞと言われても、とても頷けず、先に帰りますと断った。

一番若いのに情けないぞと文句を言われても、皆につき合っていたら道路で寝る羽目になる。千鳥足でも自力で帰れるうちにと思い、「お疲れ様でした」と挨拶してふらふら歩き始めた俺は、小さな段差に転びそうになったところを背後から伸びてきた手に助けられた。

「危ない…！」

「っ…」

息を呑んで振り返れば桜庭さんがいて、驚いて息を呑む。俺の表情に気づいた桜庭さんは慌てて手を放したのだが、そのせいで俺は再びバランスを崩してしまい、結局、その場に倒れ込む羽目に陥った。

「っ…いた…」

「大丈夫か⁉」

「へ、平気です…すみません……」

遠慮がちに助けてくれる桜庭さんの手を借りて起き上がると、川満さんたちと一緒に行ったのではなかったのかと聞いた。桜庭さんは少しばつが悪そうな顔つきで、俺が心配だったのだと言う。

「美馬が…ふらふらしてるように見えたから」

「心配かけてすみません。でも…大丈夫です」

「家まで送る。…絶対に何もしない。送るだけだ」

真剣に宣言する桜庭さんを邪険にするのも悪く思え、取り敢えず頷いた。桜庭さんの言う通り、足下が覚束ないような状態であったので、強く言えるような気力が残っていなかったせいもある。

それに桜庭さんは一滴もお酒を口にしていなくて、いつも通りのちょっと強面《こわもて》でクールな桜庭さんだった。二人で並んで歩き始めてすぐ、桜庭さんに自転車はどうしたのかと聞かれる。

「今日は会社に置いていきます。明日、陣内さんと一緒にデザイナーさんの事務所に行く予定で、そこに直行するつもりなんです。ですから…」

俺の説明に桜庭さんは「そうか」と頷き、だったらタクシーを拾うかと聞いた。うちまでは歩くにはちょっと距離があったけど、車に乗ると気持ち悪くなりそうな予感がしたので、首を横に振る。

「いいです。歩いて帰ります。…時間かかっちゃうんで、桜庭さんは先に…」

「こんな状態の美馬を放っておけない。どっかで座り込んだまま寝てそうだ」

真面目な顔で言う桜庭さんがおかしくて、「ははは」と笑う。桜庭さんと一緒なんだからしっかりしなきゃと思う反面、十分に酔ってもいて、理性が働かない感じだった。でも、そういう状態であるのが助けにもなった。

桜庭さんに対して変な緊張をせずに、素直にものが言えたのだ。ありがとうございます…と頭を下げてお礼を言う俺に、桜庭さんは不思議そうに「何が？」と聞き返す。

「銀行のことや…事務所のことや…。昨日までどうしようって…皆で悩んでいたのに…。桜庭さんが来てくれたら、こんなに話が進んで…。本当に嬉しいです」

「…まあ…川満さんは根っからのクリエーターで…採算度外視で仕事を進めるところもあるような人だから…。銀行なんかとのやりとりは苦手だろうな。今日、最初に訪ねた銀行でやりとりしてるのを見て…正直、この人じゃ無理だって思った」

「やっぱり…」

「言うなよ。意外と根に持つから。あの人」

桜庭さんがつけ加えるのに笑って頷き、吉祥寺の物件にはいつ頃入ることになりそうなのかと聞く。

「来週中には…契約を済ませて、備品もいろいろ揃えなきゃいけないしな。少なくとも、再来週の頭には」

「そうですか…。じゃ、俺も早いところ引っ越し先を…」

「引っ越すのか？」

俺が呟くのを聞き、尋ねてきた桜庭さんに頷く。今のアパートは会社からできるだけ近くて、自分が払える家賃のところ…という基準で決めただけの物件だ。愛着はないし、ここから吉祥寺まで通うよりも、新しい事務所の近くに住んだ方がいい。

「吉祥寺って…家賃、高いですか？」

「どうだろうな。人気だとは言うが」

「…そういえば…桜庭さんはどうするんですか？」

桜庭さんは住んでいた恵比寿の部屋を引き払った後、ビジネスホテルに引きこもっていたと梓さんが言っていた。今は梓さんの部屋にいるんだろうけど、このまま一緒に暮らしていくつもりなのかな。

俺の質問に、桜庭さんは自分も吉祥寺近辺で部屋を探すつもりだと答える。

「向こうの方は住んだことがないが、今日、見に行ったら環境的にもよさそうだった」

「大きな公園があるんですよね」

そっか…と頷き、歩いていると、ふと隣からの視線を感じた。何気なく横を見れば、俺を見ていた桜庭さんと目が合う。はっとして視線を背ける桜庭さんに、素面《しらふ》の時だったらやばさを感じたかもしれないけど、酔っていたから別のことが気になった。

聞いちゃいけないように思えて…桜庭さんには確認していなかったけれど…。酔って気が大きくなっていたから、つい、口からこぼれていた。

「…健三郎さんって…誰ですか？」

「…!?」

健三郎という名前を聞いた桜庭さんは眉を顰めて俺を見た。どうして知っているのかと驚愕している表情を見て、梓さんから聞いたのだと説明する。

「梓さんが…俺は健三郎さんに似てるって…」

最初にその名前を耳にしたのは、梓さんと二度目に会った時で、健三郎さんに似てるからっていい気になるなと言われた。その時は今ひとつ、意味がわからなかったんだけど、昨日、梓さんが漏らした話で理由が判明した。

健三郎さんが死んだ時みたいに無茶をするんじゃないかと、梓さんは桜庭さんを心配していた。つまり、桜庭さんは恋人だった健三郎さんを亡くしているのだ。そういう推測はできていたから、敢えて桜庭さんに聞く必要はなかったかもしれないのだけど、似ていると言われて気になっていた。

俺が梓さんの名前を出すと、桜庭さんは小さく舌打ちをして渋面を浮かべた。やっぱり、亡くなった恋人について尋ねるのはまずかったかと思い、発言を撤回しようとしたところ、桜庭さんが聞いてくる。

「あいつは…なんて言ってたんだ?」

「…え…ええと、俺は健三郎さんに似てるんだって…言ってました。梓さんは…健三郎さんが亡くなった時のように、桜庭さんが無茶をするんじゃないかって心配して…それで、俺のところに桜庭さんを励ましてくれと頼みに来たんです」

「………」

「桜庭さん…?」

眉間の皺を深くして考え込んでいる桜庭さんは、辛い過去を思っているというよりも、梓さんへの苛立ちを深めているように見えた。それで、俺も何かおかしいなと思い始め、窺うように名前を呼ぶ。

桜庭さんは小さく息を吐き、「違うんだ」と否定した。

「違うって…何がですか？」

「美馬は…根本的に取り違えてる。健三郎は人じゃない。…犬だ」

「……」

「健三郎というのは…三年前に死んだ…、俺が小さい頃から飼っていた雑種の犬なんだ」

「…!?」

なーにー!? そう叫びたくても、ショックが大きすぎて声も出なかった。犬…？ 俺は犬に似てるって言われてたわけ？ 梓さんがぶっ飛んだキャラだとわかっているけど、これってアリかな？

いや、ナシだろう。信じられない思いでブンブンと首を振り、後ずさった時だ。道路の縁石に躓き、転んでしまった。助けてくれようとした桜庭さんの手は間に合わず、地面に倒れ込んだはずみに足を挫《くじ》いてしまう。

「っ…いた…」

「美馬！ 大丈夫か？」

「す…すみません…。…あー…足を挫いたみたいです…」

今度は驚いたせいだけど、転ぶのは二度目で、桜庭さんが心配する意味もよくわかるというものだ。飲みすぎた自分を反省しながら桜庭さんの手を借りて立ち上がったものの、挫いた左脚を地面につけると痛みが走る。

「いたた…」

「病院に行こう」

「えっ…大丈夫ですよ。そこまでの怪我じゃないです。…しまったな」

大人なのに情けない…と思いつつ、左脚を庇って歩き始めたところ、俺の前に桜庭さんが立ちはだかった。不思議に思って見る俺の前で桜庭さんはしゃがみ、負《お》ぶってやると言う。

「えっ…いいです！」

「無理をすると悪化する。まだ家まで大分あるだろう」

「でも…」

「いいから」

何度か遠慮したのだが、桜庭さんは引いてくれそうになかった。それに挫いた左脚は確かに痛くて、悪化させたくもなかったので、仕方なく桜庭さんの背中に覆い被さった。誰かにおんぶされるなんて、記憶もないような子供の頃以来のことで、気恥ずかしく思いながら桜庭さんに「すみません」と詫びる。

「迷惑かけて…」

「迷惑なんかじゃない」

桜庭さんが真剣に否定するのを聞き、そうだよな…と心の中で納得する。桜庭さんは俺を…たぶん、今でも好きなんだと思う。お酒を飲んで、酔っ払った勢いだったと言っても、あれは単なる事故じゃなかったはずだ。だって、その前に桜庭さんは正面からつき合ってくれと申し込んできていたのだから。

あの時…桜庭さんは譫言《うわごと》みたいに、好きだと繰り返していた。とってつけたような言葉ではなく、あれは心からの気持ちだったに違いない。そんなことをぼんやり考えていると、桜庭さんの声が聞こえた。

「…美馬は…怒るかもしれないが…、健三郎に似ているというのは本当なんだ」

「……。犬に？」

「ああ。…最初に会社で美馬を見た時、どっかで見たような気がして…ずっと気になっていた。ある日、健三郎に似てるんだって気づいて…それから、もっと気になるようになった。…あの夜…、従兄弟と歩いている美馬を見つけて……驚いた…」

桜庭さんが驚いたというのは、女装している泰史と一緒にいるのを見たからなのだろう。黙っている俺に、桜庭さんは独り言みたいな話を続ける。

「まさかと思って……それから、いいように勘違いしたんだ。…美馬が…梓にキスされてもさほど怒らなかったのもあって…」

「…怒る隙がなかったんですよ。梓さんのキャラが濃すぎて…」

怒るよりも呆然とする気持ちの方が大きかった。思わず突っ込みを入れる俺に、桜庭さんは「だよな」と相槌を打ってから、すまなかったと詫びる。

「…俺はわかっていなくて……次の日、会社で打ち合わせ相手が美馬だと知って…結構ハイになってたんだ。だから…厳しいことばかり言ってしまった。あの時は…すまなかった」

「い…いえ…。本当のことばかりでしたし…」

「言いすぎたと思って…謝るために食事に誘ったんだ。断られるかもと思ったが…つき合ってくれて……。なんでも美味しそうに…嬉しそうに食べている美馬を見ているだけで…不思議と…すごく楽しかったんだ。だから…美馬と一緒にいられたら…と…贅沢を思ってしまった。…それで…つき合ってくれとつい口走ってしまったんだが…」

俺は驚きすぎてその場では断ることもできなかったのだが、桜庭さんは自らその申し出を取り消した。それは梓さんから俺はゲイじゃないと聞かされたからだと言う。

「梓の話を聞いた後、慌てて…なかったことにしてくれと言ったが、やっぱり諦めきれなかった。……会社がなくなるとわかった時には…美馬と離れなきゃいけないのは寂しくても…、…忘れるためにはいいと思ったのに…」

「……」

桜庭さんが必要だと詰め寄ったのは俺の方だ。桜庭さんの辛い気持ちに全然気づいていなかった自分を反省するしかなくて、小さな溜め息がこぼれる。

「…ごめんなさい…」

「…どうして美馬が謝るんだ?」

「だって……」

好きなのに、想いが叶わないとわかっている相手の傍にいるのは辛いってことは、恋愛経験の少ない俺でもわかる。桜庭さんの気持ちを考えずに、無神経なお願いをしていたのを自覚した俺は、申し訳ない気持ちでいっぱいだった。

桜庭さんが俺のことをどう想っていたのか、聞いてしまったから余計だ。今になって桜庭さんの本当の気持ちを知ることになるなんて。順番が逆かも…と思ってから、心の中で溜め息をつく。順番が正しかったとしても、どうにもならないことだってある。

だって、俺は…。自分自身に対する、なんとも言えないやりきれないような気持ちを苦く思っていると、桜庭さんが低い声で続けた。

「謝らなきゃいけないのは…俺の方だ。美馬には…本当に厭な思いをさせて…申し訳なかった」

「……。昔から…酒癖が…?」

「いや…、若い頃はそうでもなかったんだが…。前の会社で…大きな仕事を任され始めた頃からかな。ストレスがすごくて…深酒をするようになった。飲みすぎると…記憶がなくなるようになって…。自分で危険だと思って、酒は飲まないと決めたんだが…。あの時はどうしたらいいかわからなくなって…はっと気づいたら酒を飲んでいた。まさか…美馬にあんな真似をするなんて…」

桜庭さんがこぼす深い溜め息が身体越しに伝わってくる。桜庭さんが深く反省しているのはよくわかっていて、何か声がかけたかったけど、言葉が見つからなかった。もういいです…という言葉をかけられるほどの時間は、まだ経っていない。

酔った勢いでやられてしまうなんて…許す、許さないっていうレベルを超えたような事件のはずなのに、こうして背中に負われても大丈夫なのは、桜庭さんの方が自分よりもずっと落ち込んでいるのが明らかだからだろう。

本当は逆のはずなのにな。小さく苦笑して、前の会社を辞めなくてはいけなくなった具体的な理由を聞いてみた。

「……。言わなきゃいけないか？」

「梓さんは酔っ払うと誰彼構わず、やっちゃうからって言ってましたが…それで？」

「っ…⁉　何言ってるんだ？　それはないぞ、さすがに」

まさかと思いつつも、自分の身に起きた事実を考えると納得できる話でもあって、信じていた。しかし、桜庭さんが真剣に否定するところを見ると、デマだったらしい。桜庭さんは梓さんの言うことは、大袈裟で間違いも多くあるので信じるなと忠告する。

「酔うと誰とでも寝るのはあいつの方だ。その後始末をどれだけしてきたか…」

「そうなんですか…」

だから、梓さんは桜庭さんの「後始末」もしに来たのかも。土下座していた梓さんはまったくキャラじゃなかったけど、桜庭さんに散々迷惑をかけてきた恩返しだったと考えれば頷ける。

でも、だったら…。どうして桜庭さんはあんなことをしたのだろう。そんなことを聞いてしまえば、俺にとって都合の悪い答えが返ってきそうな気がして、口を噤《つぐ》んだ。好きだと繰り返していた桜庭さんの声はまだ耳の底に残っている。

桜庭さんの匂いと体温が、余計にあの時の記憶をリアルに思い出させる。ひどいことをされたという怒りよりも、甘い感覚の方を思い浮かべてしまうのは、きっと酔っているからだ。そうに違いない…と思いながら、次第に瞼《まぶた》が重くなっていった。

寝ちゃいけないと思って、桜庭さんと呼びかけようとするのに、声にならなかった。桜庭さん…。口の動きだけで名前を呼んで、俺はいつしか、睡魔に引き込まれていた。


あー…もう明るくなってきてる。そろそろ起きなきゃやばいな…。そんなことを考えて寝返りを打つと同時に、ずきんと痛みが走った。あれ？　と不思議に思って起き上がると、左の足首に湿布が貼られている。

そうだ。昨夜…酔っ払って躓いて、足を挫いたんだった…と思い出してから、はっとする。

あれ？　俺、うちまでどうやって帰ってきたんだっけ？　…ええと…確か、桜庭さん…。

「‼」

桜庭さんに背負ってもらってきたのを思い出しながら、何気なく部屋の中を見渡して、ひっと息を呑んだ。ベッドのすぐ横で、桜庭さんが壁に凭れかかるようにして座り、寝ていたのだ。

どうして桜庭さんが俺の部屋に？　ていうか…どこまで覚えてる？　ええと……と必死で記憶を探っていると、俺が起きた気配に気づき、桜庭さんが目を覚ました。

「……あ……美馬…。起きたのか？」

「さ…桜庭さん…？　どうして……」

「…美馬をここまで送ってきたんだが、熟睡していて起きてくれなかったんだ。それで…悪いとは思ったが、デイパックから部屋の鍵を出して、玄関を開けて寝かせた。起きたら説明しようかと思って待ってたんだが…すまない。勝手な真似をした」

桜庭さんは正座になって深々と頭を下げるけど、それなら迷惑をかけたのは俺の方だ。ぶんぶんと首を横に振って、逆にすみませんでしたと詫びる。

「無理矢理起こしてくれれば…」

「可哀相に思えたんだ。…足はどうだ？」

「これも…桜庭さんが？」

俺が怪我していたのを気遣い、湿布を買いに行って貼ってくれたようだった。そこまで世話をかけてしまったのを申し訳なく思い、ありがとうございましたと礼を言った。まだ足は痛むが、何もせず寝てしまっていたら、もっとひどくなっていただろう。

左足を庇いながらゆっくりベッドを下り、立ち上がってみると、多少の痛みはあっても我慢できないほどじゃなかった。桜庭さんは無理をせずに大事にしていれば、二、三日でよくなるはずだと言う。

「今日は直行するって言ってただろう。どこだ？」

「渋谷です」

「だったら、行きだけでもタクシーを使った方がいい。無理をするとよくない」

桜庭さんの勧めに頷き、帰ると言って玄関へ向かう背中を追う。時刻は朝の七時過ぎで、着替えに戻る時間は十分ある。外まで見送ろうとして一緒に部屋を出ようとしたが、桜庭さんに玄関で止められた。

「ここでいい。足が痛むだろう」

「でも、大分いいです」

そこまでの怪我じゃないと言って、靴を履こうとした時だ。足首を曲げたせいで、思いがけない痛みが走ってよろけてしまう。壁に手をついて身体を支えようとしたのだが、その前に桜庭さんが腕を摑んで庇ってくれた。

「っ…」

そのはずみで…桜庭さんの胸に顔を埋めるような形で抱きついてしまった。以前なら「すみません」と詫びて離れるだけで済んだ、何気ない出来事だったのに。

思いがけずにどきりとしている自分がいて、戸惑いを覚える。慌てて顔を上げて桜庭さんを見ると、桜庭さんも無言で俺を見つめていた。「すみません」とか「大丈夫か?」とかいうやりとりをするべきなのに…。

何も言えなくて、桜庭さんの視線を避けることもできなかった。射竦められたみたいに身動きできないでいると、桜庭さんの顔がゆっくり近づいてくる。心臓が耳の中でドキドキ鳴っている錯覚がするくらい、すごく緊張していた。

逃げるとか、避けるとか、そういう選択肢が思い浮かばないまま、キスされるのを覚悟した時だ。

「っ…」

ふいにスマホの着信音が響き始めて、俺と桜庭さんは揃って飛び上がった。お互いが夢から覚めたみたいに我に返り、あたふたと慌てる。桜庭さんは上着のポケットから出したスマホを落としそうになりながらも、電話に出て「はい」と答えた。

「……ああ…いや、大丈夫だ。今から帰る。…ああ、わかった」

相手が梓さんであるのはスマホから漏れてくる声でわかった。朝になっても帰っていない桜庭さんを心配しているようだった。桜庭さんは短い通話を終えるとスマホをしまい、ごほんと咳払《せきばら》いをした。

「…とにかく…安静にしていた方がいいから。無理はするな」

「はい」

「…また、会社で」

はい…と頷き、桜庭さんが玄関から出ていくと、はーっと溜め息をついてその場にしゃがみ込んだ。何をしてるんだ、俺は。桜庭さんはきっとまだ俺のことが好きなのだろうから、キスしたくなるのも仕方がないのかもしれないけど…。

それを受け止めようとするなんて…。ありえない。やめてくださいときっぱり拒絶するべきだったのに。昨夜、聞いた桜庭さんの真摯《しんし》な思いに影響されてしまっているのだろうか。それにしたって…と湧き上がってくる自分への戸惑いと、キスしてしまいそうだったという事実に落ち込み、玄関に座り込んだまま反省した。

桜庭さんの活躍でとんとん拍子で新会社に関する手続きは進み、翌週には正式に事務所の契約も終わり、備品などを皆で揃えた。それと同時に、俺も泰史と相談して、吉祥寺に引っ越すことを決めた。

本当は泰史の部屋と事務所の両方から近い場所に、自分の部屋を借りようとしていたのだが、思ったような物件が見つからなかった。そのため、いい部屋が見つかるまでという約束で、泰史の部屋に居候させてもらうことになった。

売れっ子漫画家である泰史はお金持ちで、金に糸目をつけないで部屋探しができるから、物件もすぐに決まる。というより、締め切りの都合上、泰史が動ける日というのは限られていて、それに合わせて編集の牟田さんがすべてのお膳立《ぜんだ》てをしてくれたのだった。

引っ越しする日の前日、忙しい泰史に代わり、俺は牟田さんと吉祥寺のマンションを見に行った。

「…この部屋になります。先生は最上階じゃないと厭だとおっしゃるので…。どうでしょう?」

「うわ…すごい。井の頭公園が一望できるんですね。緑が綺麗～」

「美馬さんが気に入ってくださったら、先生もきっと気に入ってくれると思うんですが…」

大丈夫でしょうか? と不安げに聞いてくる牟田さんに、大丈夫ですよと請け合う。泰史はどんなところでも本当は気にしないのに、牟田さんへの厭がらせで文句を言うのだ。牟田さんの苦労を忍びながら、フォローする俺に、彼はほっとした顔で言う。

「でも、美馬さんが先生と一緒に暮らしてくれることになって、本当によかったです。これで先生も気分よく原稿に励んでくださるはずです」

「俺は一時的に居候するだけですよ」

「そんなこと言わずに…。ここはペントハウスですから、部屋もたくさんありますし」

基本的に泰史は一人暮らしで、誰も訪ねてこない部屋なのに、贅沢が過ぎるような気もするが、税金の都合上もあってこの程度必要らしい。別世界の話だなあと思っていると、牟田さんは引っ越しのタイムスケジュールについて話し始めた。

「明日はまず、先生の仕事部屋のパソコンなんかから移動を始めまして、こちらにすべてのセッティングを終えてから、先生をお迎えします。予定としては朝八時から始め、十一時には移動をお願いするつもりです。美馬さんの部屋の荷物もこちらで責任持って移動させますので、美馬さんは先生についていってくだされば結構です。その後、家具などの家財道具を移動させせまして…」

「わ、わかりました。牟田さんに全部お願いしますから」

延々話していそうな牟田さんを遮り、よろしくお願いしますとまとめて、部屋を出ることにした。エレヴェーターで一階まで降りながら、俺は事務所に寄ってから、泰史のところに顔を出すつもりだと牟田さんに話していた。

「…なので、その時に牟田さんも来てくれれば…」

一階に着いたエレヴェーターから二人で降りかけた時、乗ってこようとする人とぶつかりそうになった。後ろにいた牟田さんを見ながら話していた俺は前を見ていなくて、「すみません」と詫びながら横へ避ける。

でも、降りる人の方が優先だろうという思いもあって、不審な思いで相手を見た。と、同時に「あっ！」とお互い、叫んだ。

「な、なんであんたがここにっ！」

「あ、梓さんっ…⁉」

「美馬？」

「さ、桜庭さんまで…っ…⁉」

なんと、乗ってこようとしていたのは桜庭さんと梓さんだったのだ！　代官山のマンションで出会すならともかく、どうして二人がここに？　疑問に思うのと同時に、厭な予感も浮かんでいた。

まさか…。

「どうしてここにいるのよ？」

「どうしてって…泰史がここに住むことになって…俺もしばらく居候するんですよ。なので…」

「えっ‼」

どうしてと聞く梓さんに事情を伝えると、梓さんは叫んで硬直した。信じられないという険相でぶるぶると頭を振る彼は、衝撃が大きすぎて声が出ない様子だ。だから、梓さんに代わって、桜庭さんが神妙な顔で聞いてきた。

「本当に…ここに引っ越すのか？　美馬も？」

「はい。俺が借りられるような手頃な物件が見つからなくてですね。しばらく、泰史の部屋に…」

「ちょっと待って！　まさか、最上階のペントハウスっ⁉」

ショックから立ち直ったのか、梓さんが慌てて確認してくるのに頷く。その部屋を確認しに行って、降りてきたところだ。頷いた俺を見て、梓さんは「きーっ！」と金切り声を上げた。その意味がわからず、首を捻っていると、桜庭さんが神妙な顔で教えてくれる。

「その部屋は…梓が借りたがっていた部屋だ」

「えっ！」

「先に借りられてしまっていたから、仕方なく、その下の部屋を借りたんだ」

ということは…つまり、また泰史と梓さんは同じマンションの上下に住むのか？　しかも、今度は真下に？

こんな偶然ってアリ？　恐ろしすぎて声が出なくなった俺に、梓さんが「女装オタクに負けた〜！」と叫んでいる声が響く。取り乱している姿が泰史と重なって、引きつり笑いが漏これる。泰史もこの事実を知ったら…同じように錯乱して牟田さんに八つ当たりするのは間違いない。

これは…しばらく秘密にしておかなくてはいけない。そう肝に銘じていた俺だったが、桜庭さんが何か言いたげな様子であるのに気がついた。どうしたんですか？　と聞くと、遠慮がちな表情で、自分も梓さんの部屋に居候するのだと教えてくれる。

「えっ‼」

ということは…俺は桜庭さんとも同じマンションで暮らすってわけ？　そ…それはどうなんだろう？　複雑な気持ちで沈黙する俺を見て、桜庭さんは「美馬が厭なら…」と言い出した。いや、そういうことじゃなくて…。

「ち、違います…！」

微妙な自分の気持ちを表せる言葉はなくて。これからどうなるのかなって途方に暮れた気分になった。それでも、自分の気持ちが暗い方向を向いているのではないのはわかっていた。皆で始める新しい会社がどうなるのかわからないけど、悲観的な気持ちがないのと同じだ。

ということは？　その先を言葉にして考えられるまでには、まだもう少し時間がかかりそうだなあと思いながら、悔しがっている梓さんを桜庭さんと一緒に苦笑して眺めていた。

あとがき

こんにちは、谷崎泉でございます。このたびは「告白は背中で」をお手に取っていただき、ありがとうございました。

こちらのお話、私としてましては初の試みとなります、WEB連載をシャレードさんのHPにて行っていたものです。そちらからおつき合いくださっていた方もいらっしゃるかと思いますが、いかがでしたでしょうか。時間をかけて連載したことで、キャラたちに愛着を持ってもらえていたらいいなと、思っております。

詠太と桜庭さんはこれからどうなるの？　というところで終わっておりますものの、二人の未来はきっと明るいと信じてます。桜庭さんは一途な人だし、詠太もぐらぐらきているはずなので、うまくいかないはずがないかと。やっくんと梓さんにたくさんの茶々を入れられつつ、密かに愛を育んでいくのではないでしょうか。恋心というのは障害がある方が燃えるものだと思いますし。

詠太&やっくんはいいコンビで、書いていても楽しかったです。泰史は二次元の世界に生きていますが、現実でもしあわせになって欲しいものです。密かに片思いしたりして、それを梓さんに見つかって、からかわれつつ最終的には応援されるというお話を想像したり。泰史&梓さんもいいコンビなんですよね。

今回、挿絵を引き受けてくださいました、みろくことこ先生、ありがとうございました。前々からみろく先生に挿絵をお願いできたらと願っておりましたので、念願叶い、嬉しい限りです。ラフなどを拝見するたびに、役得だなあと小躍りしておりました。詠太も桜庭さんも、やっくんも梓さんも、皆が素敵なのです。本当にありがとうございました。

お世話になりました担当様にもお礼申し上げます。いつもいつも、すみません。年々、のんびりペースがひどくなっていく私なので、申し訳ないことも多く…。ありがたく思いつつ、感謝しております。

読んでくださった皆様が、少しでもほっこりしあわせな気分になれますように。明るい未来が待っているよと信じられるお話が、小さな助けになれるといいなと思います。またお会いできますように。

満開の桜を目前に　谷崎泉

谷崎泉先生、みろくことこ先生へのお便り、
本作品に関するご意見、ご感想などは
〒101-8405
東京都千代田区三崎町2-18-11
二見書房　シャレード文庫
「告白は背中で」係まで。

本作品は書き下ろしです

CHARADE BUNKO

告《こく》白《はく》は背《せ》中《なか》で

【著者】谷崎泉《たにざきいずみ》

【発行所】株式会社二見書房
東京都千代田区三崎町2-18-11
電話　03(3515)2311[営業]
　　　03(3515)2314[編集]
振替　00170-4-2639
【印刷】株式会社堀内印刷所
【製本】ナショナル製本協同組合

落丁・乱丁本はお取り替えいたします。
定価は、カバーに表示してあります。

ISBN978-4-576-16064-1

http://charade.futami.co.jp/